El sueño de Berlín

1.ª edición: abril 2015
16.ª edición: julio 2024

Diseño de cubierta: Elsa Suárez
Créditos fotográficos: ThinkStock/Getty Images, 123RF

ISBN: 978-84-678-7143-2
Depósito legal: M-4731-2015

Impreso en España - Printed in Spain

Ana Alonso y Javier Pelegrín

EL SUEÑO DE BERLÍN

XII PREMIO ANAYA
DE LITERATURA
INFANTIL Y JUVENIL

Octubre

Ana

Todo ha salido mal. Como siempre.

Pensé que esta vez podría hacerlo, que en esto no tenía por qué quedarme atrás. Solo era una exposición oral en clase de Lengua con apoyo audiovisual: un cuarto de hora hablando sobre el tema que eligiésemos. Incluso me hacía ilusión. Desde que Susana, la profesora, nos dijo que empezásemos a prepararlo tuve claro qué tema escogería: el Antiguo Egipto. ¿Por qué no? He leído mucho sobre sus dioses y sus faraones, sobre su escritura, el arte y la vida cotidiana a orillas del Nilo. Si no fuera por mi enfermedad, me gustaría convertirme en egiptóloga algún día.

Si no fuera…

A veces creo que tendría que haberle dejado a mi padre enviar aquel justificante que preparó una vez, cuando estaba empezando primero de la ESO. Aquel que decía: «Mi hija Ana padece Trastorno Obsesivo Compulsivo, por lo que necesita repetir algunos comportamientos para evitar una crisis de ansiedad. También tiene que subrayar ciertas palabras cuando las ve escritas o pedir que se las repitan si alguien las pronuncia. Cuando se pone nerviosa evita el contacto ocular con otras personas, y en algunos casos tendrán que darle permiso para salir a lavarse varias veces seguidas. Podemos adjuntar informe médico».

9

El pobre imprimió la nota, la firmó y me la dio a espaldas de mi madre para que yo se la entregase a mi tutora. Pero mi madre se enteró; yo se lo dije. Me fiaba más de su criterio que del de ninguna otra persona en el mundo. Y mi madre puso el grito en el cielo. Estuvo más de una semana sin dirigirle la palabra a mi padre.

Por supuesto, no se volvió a hablar de informar a mis profesores sobre la enfermedad. Mi madre cree que no lo entenderían.

Y tiene razón. ¿Cómo van a entenderlo? ¿Cómo va nadie a entenderlo?

La exposición empezó bien. Había preparado un *powerpoint* con un montón de imágenes de Luxor, de la tumba de Tutankamón y del Valle de los Reyes. No necesitaba ningún guion, sabía perfectamente lo que quería contar: quería hablar de las altas columnas de Karnak, con sus capiteles en forma de flores de papiro. Y de la diosa Bastet con cara de gato. Del dios Thot, que tiene rostro de ibis e inventó la escritura, por lo que los hombres le estarán eternamente agradecidos. Y de Osiris y de la barca del Sol, que cada noche navega por un mar de oscuridad hasta emerger al otro lado del mundo.

Quería hablar de todo eso. Y lo estaba consiguiendo. Les enseñé a mis compañeros los cartuchos con el nombre de los faraones en escritura jeroglífica. Hablé de Champollion y del hallazgo de la piedra Rosetta, y de Howard Carter, el descubridor de la tumba de Tutankamón. Hablé del Alto Nilo y del Bajo Nilo, de Tebas y de Menfis, de las crecidas que inundaban los campos cada año y fertilizaban la tierra, del dios Sobek con su rostro de cocodrilo y del otro río, el que los egipcios creían que fluía sobre sus cabezas, en el cielo, derramando de cuando en cuando sobre ellos sus riquezas en forma de lluvia.

Dejé para el final a mi preferida: Nefertiti, la esposa del revolucionario faraón Akenatón, que intentó acabar con el culto a las otras deidades para que los egipcios solo lo adorasen a él, encarnación en la Tierra del dios Sol. Nefertiti, la reina de belleza sobrecogedora, una belleza que todavía podemos admirar gracias al busto encontrado por arqueólogos alemanes a principios del siglo xx y que aún hoy se conserva en un museo de Berlín. Nefertiti, la del rostro encendido de vida, la del largo y delicado cuello en el que se aprecia el suave relieve diagonal de los músculos bajo la piel morena.

Nefertiti. Nefertiti. Nefertiti. Nefertiti.

Ya está: siete veces. Lo he repetido siete veces. Aquí es fácil, solo se trata de un diario. Nadie va a leerlo, puedo escribir el nombre de la reina del Nilo tantas veces como quiera.

Pero en clase no era tan fácil. Sobre todo en ese momento, en medio de la exposición, cuando todas las miradas estaban fijas en mí y yo me sentía casi normal, hablando de lo que más me gusta delante de mis compañeros.

Creo que todo empezó cuando vi el gesto de Laura, una chica que se sienta en la tercera fila. Vi que le daba un codazo a su compañera Eva, que las dos se miraban y que intercambiaban una sonrisa burlona. Se estaban riendo de mí. No solo de mí, también de ella. De Nefertiti, de su rostro casi perfecto, casi, solo casi, porque uno de sus ojos no conserva la pintura y mira ciego, fijo, como si ella nunca hubiese estado viva, como si solo fuese la ruina de un cuerpo, un recuerdo, solo un recuerdo que se va, que se esfuma, que se deja tragar por el olvido y la decadencia.

Nefertiti. Nefertiti. Nefertiti. Nefertiti. Nefertiti. Nefertiti.

Aquí es fácil. Puedo repetir su nombre cuantas veces quiera.

Pero allí no; allí no era tan fácil. Necesitaba repetir su nombre sin que se notara, como si estuviese preparado, como si hiciese falta decirlo, como si no fuese una manía más de mi estúpido cerebro enfermo.

Las palmas de las manos me empezaron a sudar. Quería morirme. Quería que me tragase la tierra. ¿Cómo iba a conseguirlo? ¿Cómo iba a repetir siete veces su nombre sin parecer una tarada?

No sé ni lo que dije; varias frases que empezaban todas de la misma manera: Nefertiti esto. Nefertiti lo otro. Nefertiti lo de más allá. A la quinta repetición empezaron las risitas disimuladas. Susana se encaró con la clase, enfadada, y les mandó callar. Le hicieron caso. De todas formas, solo se habían reído dos o tres personas. Podría haber sido mucho peor, creo.

Repetí su nombre todavía dos veces más. Nefertiti. Nefertiti. Luego, terminé mi presentación deprisa y corriendo, sin acordarme de lo que tenía preparado para el final sobre la conquista de Egipto por parte de los griegos y sobre algunas figuras muy conocidas del periodo grecorromano, como Cleopatra.

Aun así, me aplaudieron.

Pero yo no podía pensar ya en nada ni concentrarme en nada; solo en la necesidad de volver a mi sitio y sacar aquel guion que no había utilizado y volver a escribir siete veces su nombre: Nefertiti. Nefertiti.

Ya está. Con estas dos vuelven a ser siete. Otra serie de siete, esta vez por escrito.

He intentado distraerme para no tener que completar la serie. He ido a la cocina, me he bebido un vaso de agua. Me he lavado las manos. Dos veces. Me he secado con un paño de cocina. También dos veces.

Pero la angustia no se iba.

Tuve que volver y escribir la última parte.

Casi no se nota. Casi no se nota que he escrito tantas veces su nombre porque no puedo remediarlo, porque mi cerebro no funciona bien, porque no sé controlarme ni aprenderé nunca, porque jamás podré tener una vida normal ni ir a ninguna parte ni estudiar en otra ciudad ni visitar Egipto ni dedicarme a lo que me gusta.

Porque soy una enferma. Porque siempre seré una enferma. Hay algo dentro de mí que no está bien, que me deforma entera, que me convierte en una caricatura de mí misma. Algo incomprensible; muerto; frío… Como ese ojo despintado en el rostro perfecto de la reina egipcia.

Bruno

Los egipcios. Nunca me habían interesado mucho hasta hoy. Bueno, de pequeño sí que me gustaban las historias de momias que custodian tesoros y todo eso, pero luego claro, pasas a otras cosas un poco más profundas (en mi caso fue *El Señor de los Anillos*) y ya no te acuerdas más de las momias. Como mucho en Halloween.

No tenía ni idea de que en el Antiguo Egipto hubiese tantas cosas increíbles aparte de las momias. Pero las había, ¡a montones! Unos templos altísimos, y pinturas en las tumbas que parecen cómics y que cuentan unas historias geniales, con teriomorfos como en los videojuegos, solo que allí no los consideraban monstruos, sino dioses: había una diosa con cara de gato, otro con cara de cocodrilo y otro con cara de pájaro raro que era el dios de la escritura.

Todo eso nos lo ha contado hoy en clase de Lengua una compañera, Ana. Estábamos los treinta y uno de la clase (contando a la profe) como hipnotizados escuchándola; en todo el tiempo que estuvo hablando no se oyó en el aula ni el ruido de una mosca.

Es curioso, porque Ana normalmente no es una chica que llame mucho la atención. Nunca va de lista, aunque tiene las mejores notas del instituto (eso me han dicho). Yo como soy nuevo la conozco poco todavía.

Se sienta en la cuarta fila, dos pupitres por detrás de mí. A lo mejor por eso hasta ahora no me había fijado bien en ella. Bueno, por eso y porque estaba demasiado ocupado mirando a Carolina, la rubia; pero es que es muy difícil no mirar a Carolina, con esa melena impresionante que tiene y todo lo demás.

Volviendo a Ana: no entiendo cómo no la había visto antes. Es decir, sí la había visto, pero no me había fijado hasta ahora en lo guapa que es. No como Carolina, que más que guapa es espectacular, sino de otra manera. Esta mañana, mientras ella hablaba delante de toda la clase, yo no podía apartar la mirada de sus ojos. Los tiene azules, casi grises, y grandes, como aterciopelados. Me recordaba a Arwen en *El Señor de los Anillos*. Su piel es clara y su pelo oscuro, como los de Arwen. Y parece envuelta en misterio, igual que ella.

Bueno, en realidad no se parece tanto a Arwen, porque no tiene las orejas puntiagudas (ja, ja, qué gracioso soy).

Y ahora en serio: Ana me gusta. Me gustan sus ojos, y su voz, que es suave y un poco insegura, y que sepa tanto sobre diosas con cara de gato y barcos mágicos que cruzan el cielo.

Yo creía que todos en la clase se habrían quedado tan impresionados como yo con sus historias sobre los egipcios, pero cuando le pregunté a Dani en Educación Física qué le había parecido, al principio ni siquiera sabía de qué le estaba hablando.

Al final, cuando lo entendió, me miró con esa cara que pone la gente cuando a la vez les das risa y un poco de pena.

—¿Te gusta Ana? Pues lo llevas crudo, chaval. Ella pasa de tíos. Pasa de todo el mundo. Es una tía super rara.

—¿La conoces mucho?

—Fuimos juntos a Primaria. Siempre ha sido rara. De pequeña le daban unas pataletas que nadie entendía. Se ponía a

15

llorar como si la estuviesen matando. Y no estoy hablando de Infantil, ahí todos llorábamos. Pero mucho después, cuando ya estábamos en tercero o por ahí... ella seguía igual. No, peor. Nadie quería sentarse con ella.

—Pues a mí me parece muy normal.

—Se habrá ido calmando con los años —dijo Dani—. Pero de todas formas no se relaciona con nadie en la clase. Y su madre es una pesada. Viene cada dos días a hablar con los profesores; no solo con la tutora, con todos. Yo creo que están hasta las narices de ella.

—Pero ¿por qué viene tanto, si Ana va bien en clase? Yo lo único que había oído de ella es que es «Doña Sobresalientes».

—Sí, no sé quién le puso ese mote. Y sobre la madre, yo qué sé. Porque querrá que le hagan caso a su hija. Será una de esas madres que no hacen nada en la vida aparte de tomar cafés con otras madres y estar pendientes de sus hijos. Hay muchas de esas.

Estábamos en un rincón del gimnasio, esperando turno para tirar a la canasta. En la canasta del otro lado de la pista hacían cola las chicas. Ana se encontraba en la fila entre las demás, pero no hablaba con ellas. No hablaba con nadie.

—¿Tienes su teléfono? —le pregunté a Dani.

Me miró como si no se pudiese creer que le hubiese hecho aquella pregunta.

—Oye, tú estás fatal —me dijo—. No, no tengo su teléfono, y no creo que nadie de la clase lo tenga. Pero ¿tú has oído lo que te he contado?

—Vale —contesté—. De todas formas, quedaría raro llamarla sin haber hablado nunca antes, así que mejor se lo pido a ella.

Ana

No sé qué hacer. Hoy me ha pasado algo que no esperaba, que ni siquiera me parecía posible: he hecho un amigo en clase... o algo parecido.

Se llama Bruno. Es nuevo en el instituto, por eso no se ha dado cuenta todavía de lo mío. No es que los demás lo sepan; yo nunca lo he contado, y tengo tanta práctica disimulando mis manías que muchas de ellas ni siquiera se notan. Pero de todas formas, notan algo raro y se mantienen alejados. O a lo mejor soy yo la que me mantengo a distancia, para evitar que me conozcan mejor. No sé; supongo que hay una mezcla de las dos cosas.

No siempre ha sido así. En Primaria tuve una amiga, Ainhoa. Todavía vamos a la misma clase, pero casi nunca hablamos. Dejó de venir a mi casa cuando estábamos en quinto, después de que, un día, yo la obligase a entrar y salir dos veces por la puerta.

Aquello nunca se me borrará de la memoria. Perdí completamente el control porque Ainhoa no quería hacer lo que yo le decía. Ya otras veces me había empeñado en que pasase dos veces por la puerta de mi habitación, y ella había aceptado, creyendo seguramente que era un juego. Aquella tarde, en cambio, dijo que no. Y cuanto más empeño ponía yo en

17

convencerla, más se negaba. Hasta que algo dentro de mí se desató. Empecé a darme cabezazos contra la pared mientras gritaba. Ainhoa también se puso a gritar; estaba asustadísima. Cuando mi madre vino a ver qué pasaba, yo estaba sangrando de tanto golpearme la frente.

Justo después de aquello me diagnosticaron.

La verdad es que no me importa demasiado no tener amigas. Sé que, si las tuviera, no podría contarles lo que me pasa, así que no sería una amistad auténtica. El último psiquiatra al que fuimos me dijo que necesitaba relacionarme más. Mi madre lo miró como si fuera idiota, y yo respiré aliviada: al menos eso no me obligarían a hacerlo.

Pero lo de hoy me ha cogido desprevenida. No me lo esperaba. Bruno es uno de los chicos más guapos de la clase, pero cuando hablas con él da la impresión de que no lo sabe. Es mucho más alto que yo (casi me saca la cabeza) y tiene una sonrisa de persona buena, que confía en los demás. ¡Ojalá yo pudiese sonreír de esa forma!

Me abordó cuando estaba a punto de entrar en la biblioteca. Me paso en ella todos los recreos, leyendo o escribiendo mientras escucho música. La biblioteca es el único sitio donde estar solo en el recreo se considera normal; por eso voy allí. Supongo que él lo había observado.

—Perdona, Ana, ¿tienes un minuto? —me preguntó.

Le dije que sí, creo. Y me parece que me puse colorada.

Nos apartamos un poco de la puerta de la biblioteca para dejar pasar a un profesor. Me di cuenta de que estaba nervioso. Nunca habría pensado que un chico como él pudiese ser tímido.

—Quería decirte que tu exposición de ayer sobre los egipcios fue… bueno, una pasada. Me quedé flipando con todo lo que contaste sobre la diosa Bastet, la de la cara de gato, y el dios Thot, el de la escritura, y todo eso, ya sabes.

—Tienes buena memoria —comenté, sorprendida.

—La verdad es que me lo he currado —confesó, enrojeciendo—. Ayer me pasé la tarde buscando cosas de los egipcios. Es que me pareció increíble todo lo que contaste.

No sabía qué decir. Creo que sonreí.

—Me alegro de que te gustara. A mí me apasiona.

—Me impresionó sobre todo lo que contaste de la reina Nefertiti.

—¿De quién? —pregunté.

Le había entendido perfectamente, pero necesitaba que lo repitiera.

Él me miró extrañado, pero lo hizo.

—Nefertiti. La esposa de Akenatón. Es una historia alucinante, la suya. ¡Se atrevió a ir contra los sacerdotes para imponer una especie de religión de un solo dios! Y estuve viendo esculturas de él, relieves... Tenía un aspecto muy raro, con esa barbilla tan puntiaguda. Me parece increíble que se hayan podido saber tantas cosas sobre una pareja que vivió hace miles de años... ¡y todo está ahí, contado en los jeroglíficos!

—Sí. Me encantaría llegar a ser capaz de leerlos alguna vez —confesé—. Ya distingo los nombres de algunos faraones, como Ramsés II o Hatshepsut... Esta última era una mujer, aunque en los relieves la representan como un hombre.

—Sí, creo que ayer también leí algo sobre ella.

—Es muy interesante.

Nos quedamos los dos callados, mirándonos, como esperando a que el otro dijese algo. Fue él quien habló, por fin.

—Oye, he estado mirando la cartelera —dijo—. No te lo creerás, pero no echan nada de los egipcios.

Me eché a reír. La cara de Bruno al decir aquello era de auténtica decepción. Me hizo mucha gracia.

Él sonrió un momento. Pero solo un momento.

—Lo más parecido que he encontrado es la última de Marvel. Sale un villano con cara de perro. ¿Crees que eso podría bastar?

—¿Para qué? —le pregunté, perpleja.

—Para que te apetezca venir a verla conmigo —aclaró él—. Te estoy invitando al cine.

Juraría que la voz le tembló un poco al pronunciar la última frase. Se quedó esperando con esa expresión seria y un poco asustada que pone mucha gente cuando el profesor está a punto de repartir los exámenes.

Ni siquiera me di cuenta de que estaba esperando una respuesta hasta que volvió a hablar.

—No tienen por qué ser *Los vengadores,* si no quieres —dijo precipitadamente—. Hay también una de vikingos, y una comedia que no tiene muy buena pinta, pero a lo mejor es divertida. Vemos la que tú quieras, ¿eh? Pero si no te apetece…

—Sí me apetece —dije. La voz casi no me salía—. Sí me apetece. Sí.

Ana

¿POR qué dije que sí? Es un disparate. No puede salir bien, es imposible que salga bien. ¿En qué estaba pensando? En primer lugar, casi no lo conozco. Lo único que sé de él es que ayer se pasó la tarde buscando datos sobre los antiguos egipcios porque le gustó mi exposición. O a lo mejor porque le gusté yo. La idea me pone un nudo en el estómago. Es agradable y, al mismo tiempo, insoportable.

Yo no puedo, yo no puedo permitirme ese lujo de salir con un chico y ver si la cosa funciona, si nos gustamos, si nos enamoramos, no puedo salir y ver qué pasa, no puedo porque ¿y si de verdad pasa algo? ¿Y si llegase a importarle?

Le haría daño. Antes o después le haría daño. Es un infierno estar cerca de alguien como yo.

Hasta la noche no fui capaz de contárselo a mi madre. No sabía cómo iba a reaccionar.

Cuando por fin me decidí, fui directamente a buscarla. La encontré en la cocina corrigiendo exámenes, muy concentrada. Y, a juzgar por la cantidad de marcas y anotaciones en rojo que podía ver en el primer examen del montón, no debía de estar muy contenta.

Se lo solté de golpe, porque pensé que sería lo más fácil para las dos.

—Un chico de mi clase me ha invitado a ir al cine con él. El viernes.

Levantó la cabeza del examen que estaba leyendo para mirarme. El bolígrafo rojo quedó abandonado sobre el folio, que tenía las esquinas dobladas hacia arriba.

—¿Un chico de tu clase? ¿Lo conozco?

—No, es nuevo. Se llama Bruno. Le gustan mucho los egipcios, como a mí.

Mi madre arqueó las cejas.

—¿En serio? ¡Qué coincidencia!

Estaba sonriendo, pero con esa sonrisa dolida que les sale a las personas cuando se dan un golpe y se hacen mucho daño y quieren disimularlo.

—¿Le has dicho que sí? —me preguntó.

—Sí. Pero no sé si he hecho bien.

Mi madre volvió a coger el boli rojo. Volvió a concentrarse en el examen. O a intentarlo.

Sabía que yo seguía allí mirándola, esperando a que dijese algo. Estaba haciéndome esperar.

En vista de que no hablaba, insistí.

—¿A ti qué te parece?

No levantó la vista del examen.

—Es tu vida, Ana. Es una decisión que tienes que tomar tú. Yo tengo mi opinión, pero es cosa tuya.

—Ya… pero ¿cuál es tu opinión?

Nuestros ojos volvieron a encontrarse. Por fin.

—Me da miedo —dijo—. Me da miedo que te hagan daño.

—Lo que debería darte miedo es que yo haga daño a otros —repliqué, exasperada—. Es lo que siempre pasa.

—Tú no haces daño a nadie, hija. Solo te haces daño a ti misma.

Siempre igual. ¿Cuántas veces me habrá dicho esas mismas palabras? Y aun así, hieren. Nunca dejan de herir.

—Entonces te parece mala idea —dije en voz baja.

No era una pregunta. Quizá por eso no me respondió.

—Solo es ir al cine —murmuré, acercándome y mirando por encima de su hombro la nota que acababa de escribir en la parte superior del folio.

—Ana. Cuando un chico de dieciséis años invita a una chica de dieciséis años a ir al cine, suele tratarse de algo más que de ir al cine.

Me dio miedo oírselo decir. Pánico. Deslicé la mano sobre el respaldo de la silla de madera en la que ella estaba sentada, acariciándola. Dos veces.

—No te digo que no podáis ser amigos. Pero es todo muy precipitado, ¿no? Nunca te había oído hablar de él, y de pronto… No sé, ¿por qué no le dices que prefieres dejarlo para más adelante, para cuando os conozcáis mejor?

Ridículo. No podía decirle eso a Bruno, y ella lo sabía.

—Es que ya le he dicho que sí —contesté.

Mi tono era patético.

—Oye, no pasa nada porque cambies de opinión y le digas que prefieres esperar un poco. No pasa absolutamente nada. Él lo entenderá.

—Sí. Entenderá que no me interesa y no volverá a decirme nada. Lo sabes perfectamente.

Mi madre se encogió de hombros.

—Pues entonces no me preguntes. Si no quieres saber mi opinión…

—Vale. Gracias por nada.

Corrí a refugiarme en mi habitación. De pronto no quería pensar más en Bruno, ni en el cine, ni en toda aquella historia absurda. Pero sabía que no iba a ser capaz de concentrarme en ninguna otra cosa. Hasta que llegase el viernes no dejaría de darle vueltas. Incansablemente. Obsesivamente. Hasta destrozarme. Hasta volver locos a todos.

Había una solución: los dados.

Abrí el cajón de la mesita y los saqué. Son rojos con los puntos blancos, los dos exactamente iguales. Con solo tenerlos en la mano me siento mejor.

Los uso siempre que no me siento capaz de decidir. Si sale par hago esto. Si sale impar hago lo otro. En las épocas en que estoy muy nerviosa, llego a utilizarlos más de veinte veces al día. Para elegir qué pantalones ponerme. Para decidir por qué materia empiezo a estudiar. Para escoger entre un plátano y una manzana en la merienda... Para todo.

«Si sale par voy al cine con Bruno. Si sale impar no salgo...».

Estaba a punto de echarlos sobre la cama cuando oí dos golpecitos suaves en la puerta. Era la forma de llamar de mi padre.

Le dije que entrase.

Yo estaba sentada en la cama, casi a oscuras, porque la única luz que nos iluminaba era la de la calle. Él se quedó de pie delante de mí.

—Mamá me lo ha contado. Quiere que te convenza de que no vayas.

—A mí me ha dicho que haga lo que quiera.

—Ya la conoces.

Estaba mirando los dados que aún tenía en la mano.

—¿Son para lo del viernes? —me preguntó.

—Sí. Es que no sé qué hacer.

Papá se sentó a mi lado en la cama. Puso su mano sobre la mía y, con mucha suavidad, me quitó los dados.

Nunca había hecho una cosa así. Nunca, que yo recordara.

—Tienes que ir —me dijo en voz baja.

—¿Por qué?

Volvió a cogerme de la mano.

—Porque quieres ir —dijo—. Y porque yo también quiero que vayas.

Bruno

Tengo suerte. Soy el tipo con más suerte del mundo. Estoy saliendo con Arwen, hija de Elrond, descendiente de Luthien, estrella de la tarde. Dios, me siento como Aragorn…
Aunque Ana no es Arwen. Es mejor que Arwen. Y no sé si estoy saliendo con ella. Quiero decir, ¿eso cómo se sabe? Hemos ido al cine. Y al salir nos tomamos una hamburguesa en el centro comercial. Creo que a ella no le gustó mucho, pero no tenía dinero suficiente para invitarla a una *pizza*. Me dijo que la próxima vez que quedemos pagará ella. Yo le dije que no, que pagaríamos a medias. No fue incómodo, todo lo contrario. Fue fácil.
Y quedó claro que habría una próxima vez. ¡Ella lo dijo!
Eso significa que no le he parecido un patán sin remedio. Es muy buena señal. Creo.
Yo lo único que sé es que quiero hacerlo bien. Es la primera vez que me siento así con una chica. El año pasado, en la fiesta de fin de año, Clara y yo nos besamos. O más bien, ella me besó, y a mí me encantó, y luego… No pasó mucho más. Estábamos con otra gente del instituto. Creo que ella esperaba que después de aquel beso yo la llamase. Pero no la llamé. Clara es una tía simpática, y me cae bien, pero pensar en salir con ella era como pensar en tener que estudiar todos los días

de tu vida una materia que te aburre bastante. No es algo que te apetezca hacer así, de primeras.

Ana es diferente. Es mágica. Todo en ella es mágico. Entiendo que a muchos en el instituto les parezca rara. Tiene una forma un poco especial de hablar, repitiendo de vez en cuando alguna palabra, como si quisiera asegurarse de que no pase desapercibida. Y también, a veces, te pregunta algo que acabas de decir como si no te hubiera oído. A lo mejor es que no oye bien, pero no sé, a mí me da la impresión de que no se trata de eso.

De todas formas, se expresa con tanta viveza que es como si te arrastrase a un mundo donde los colores fuesen más brillantes que en el nuestro, sobre todo cuando habla de cosas que le gustan, como el Antiguo Egipto. Creo que eso fue lo que me cautivó cuando oí su exposición de clase: que fuese capaz de apasionarse tanto por unas gentes que vivieron hace miles de años. Lo entendí; su forma de hablar hizo que lo entendiera.

Es como lo que me pasa a mí con *El Señor de los Anillos*. Es mucho más que «un gran cuento épico», como leí una vez que decía un crítico. Es más que una historia; es un mundo. Un mundo inmenso, inabarcable, tanto que se parece más a un mar que a un río (hemos estudiado la novela-río en clase, y a mí se me ocurrió esta comparación, pero no lo dije en voz alta, por supuesto. De todas formas, seguro que algún especialista en literatura se ha inventado ya eso de la novela-mar antes que yo. Tengo que buscarlo en internet).

Vi las tres películas de *El Señor de los Anillos* cuando tenía ocho o nueve años y me enamoré para siempre de la Tierra Media. Pero yo no sé explicar lo que me hace sentir como lo explicaría Ana… No es solo que me falten las palabras, es sobre todo que me falta el valor para pronunciarlas.

Aun así, hablamos del libro y de las películas. ¡Ella no las ha visto! Y tampoco ha leído el libro de Tolkien, aunque le encanta leer. ¡Qué suerte tiene!

A mí me encantaría volver a leer por primera vez *El Señor de los Anillos*. Ahora que sé que Ana lo va a leer, no hago más que acordarme de mis pasajes favoritos. Intento imaginar qué sentirá ella cuando los lea, y es como si yo también los estuviese descubriendo de nuevo. A veces me viene una frase de Aragorn o de Gandalf a la cabeza y se me llenan los ojos de lágrimas.

Le ofrecí prestarle mis ejemplares de las tres novelas, pero ella dijo que prefería comprárselas. Espero que eso no signifique que no quiere aceptar nada mío por ahora. A mí me habría gustado dejarle mis libros. No sé, a lo mejor el lunes en el instituto se lo vuelvo a proponer.

Me pregunto cómo será a partir de ahora en la clase. ¿Lo mantendremos en secreto? ¿Hablaremos entre nosotros como si no hubiese pasado nada?

En realidad, no ha pasado nada. No me he atrevido ni siquiera a darle un beso en la mejilla.

A lo mejor piensa que soy un idiota, pero es que no quería forzar las cosas. Creo que Ana es tímida.

De momento, lo único que me importa es que se sienta a gusto conmigo.

Ana

SABÍA que no podía salir bien. Intenté controlarme (siempre lo intento), pero se apoderó de mí esa urgencia interior que me aterra, esa necesidad de aferrarme a las palabras como si fueran cuerdas en una pared de roca. Y le hice repetir el nombre de su madre y el título de su libro favorito (*El Señor de los Anillos; El Señor de los Anillos*) con preguntas estúpidas.

Incluso me empeñé en que volviésemos a entrar en la sala del cine cuando ya habíamos salido, supuestamente para buscar unos pañuelos que se me habían caído; en realidad, porque necesitaba que los dos volviésemos a cruzar aquel umbral entre el espacio oscuro y protegido de la sala de proyección y el frío desapacible de la calle.

Tuvo que notar que estoy tarada, pero es demasiado educado para decirlo. Ojalá me hubiese preguntado algo, ojalá se hubiese reído de mis tonterías. Pero no; hizo lo que hacen todos. Ignorarlas y seguir adelante. Fingir que todo era normal… igual que finjo yo.

Sería más fácil si él me hubiese decepcionado, si pudiese pensar en algo sobre su forma de hablar o de reírse que me resultase desagradable. Pero fue todo lo contrario. Bruno es un encanto: tímido, pero con la dosis justa de atrevimiento; ingenioso, pero sin caer nunca en las payasadas; y lo bastante guapo como para que, cuando estás hablando con él, puedas llegar por un momento a olvidarte de todo lo demás, incluida la estúpida enfermedad que ha destrozado tu vida.

Mi madre tenía razón: habría sido mejor que me quedara en casa. Así no dolería tanto saber que nunca habrá otro viernes como el que viví con él. Sería más sencillo.

Además, a estas alturas yo ya debería saber que el dolor, en mi caso, no me afecta solo a mí, sino también a otras personas. Cuando pierdo la cabeza, cuando me entra un ataque de pánico y empiezo a correr de una ventana a otra y las abro todas porque me falta el aire y no puedo respirar, ellos están ahí, detrás, vigilándome, mirándome asustados. No; aterrorizados sería la palabra. Me miran como si yo no fuera yo, como si un espíritu enloquecido y repugnante se hubiese apoderado de su hija.

Pero soy yo: yo soy ese monstruo sin control, esa criatura salvaje y asustadiza que en todas partes se siente amenazada. Eso soy yo: mi miedo, mi necesidad de controlar el miedo mediante rituales que, al final, solo consiguen aplazar la angustia.

Hoy es lunes y no he sido capaz de ir a clase. No puedo enfrentarme a él. No puedo ver a Bruno todavía; dolería demasiado.

Me llamó por teléfono el sábado, y otra vez el domingo. No contesté. Ahora ya no puede llamarme… he dejado a propósito que se me agote la batería.

De todas formas, mañana tendré que ir, porque cuanto más tiempo pase encerrada en casa, más agobiados estarán mis padres. Y cuando mis padres se agobian discuten; siempre sobre mí. Ayer tuvieron una bronca monumental… Una vez más, por el viejo tema de los tratamientos.

Fue mi madre la que lo sacó, como siempre. Supongo que ya le tocaba: hacía meses que no salía a relucir el asunto. Estábamos cenando en la cocina. El pequeño televisor de la encimera se encontraba encendido, pero sin voz. Mi padre seguía distraídamente un partido de fútbol de la liga. Había huevos con patatas fritas, mi plato preferido... pero yo no podía comer. No tenía hambre.

—Ana, tú sabes que no tienes por qué vivir así —dijo mi madre—. Sabes que hay soluciones. Torres lleva años diciéndonoslo. La última vez hasta se enfadó conmigo y con tu padre por no hacerle caso.

Torres es uno de los psiquiatras que me han visto: un hombre más bien mayor y muy poco amable, al menos conmigo. Desde mi primera consulta con él intentó recetarme una medicación. Mi padre se negó a que la tomara... pero mi madre no está de acuerdo, y siempre que puede vuelve a sacar el tema.

En cuanto oyó mencionar a Torres, mi padre dejó de prestar atención al partido. Sus ojos se clavaron en los de mi madre.

—Esas porquerías no van a curarla —dijo—. Lo sabes perfectamente.

—Por lo menos podrá llevar una vida más normal. Mira cómo estamos ahora mismo; todo porque tú la empujaste a ir al cine con ese desconocido.

—No es un desconocido —murmuré en tono apagado—. Además, él no tiene la culpa.

—Me da igual si la tiene o no la tiene —replicó mi madre, calentándose a medida que hablaba—. Yo lo único que quiero es no verte sufrir de esta manera. No puedo soportarlo. Ya no puedo soportarlo más.

—Ella no puede evitarlo, Luisa —dijo mi padre suavemente—. No es culpa suya.

Mi madre levantó hacia él sus ojos oscuros, heridos.

—No es culpa suya, por supuesto que no es culpa suya. Eso ya lo sabemos todos. Pero sí es culpa suya ponerse en una situación que al final la lleva a esto. Los dos sabíais que era mala idea lo del cine. Es como si un alérgico a los gatos se comprase uno. Ana lo sabía y aun así tuvo que ir. Eso sí es responsabilidad suya.

—Por el amor de Dios, solo quería sentirse como se siente cualquier chica de su edad —replicó mi padre en tono cansado—. ¿Es que no le vas a dejar ni siquiera intentarlo?

—¿Para terminar así? Qué buena idea. Si de verdad te crees que de esa forma estás ayudando a tu hija…

Se quedaron los dos callados, cada uno concentrado en su plato, evitando mirarse. Mi madre comía con furia, tan deprisa que pensé que se le iban a atragantar las patatas fritas.

—A lo mejor podría intentar lo de la medicación —dije.

Mi padre alzó los ojos hacia mí, sorprendido.

—Siempre te has negado —observó—. Son medicinas con muchos efectos secundarios. Y además, hay otras opciones.

—La terapia de exposición, sí —contestó mi madre con sarcasmo—. ¿No quieres caldo? Toma tres tazas. ¿Eso es lo que quieres para Ana? Porque tú sabes que consiste en eso, básicamente. ¿Te da miedo la palabra muerte? Pues te vas a enfrentar con ella una y otra vez. Y no te vamos a dejar que la escribas dos veces ni que se la hagas repetir a los demás. Te las arreglas tú sola con tu angustia.

—Mamá —supliqué, mirándola.

Ella entendió al momento lo que significaba aquella mirada. Está acostumbrada desde hace tiempo.

—Muerte —repitió, mirándome a los ojos—. Muerte.
Muerte.

—Todos los especialistas dicen que funciona —adujo mi
padre, ignorando aquel nuevo episodio absurdo.

—Sí. También funcionaban los *electroshocks* en el siglo pasado. Dejaban a la gente idiotizada… pero funcionaban.

—Esto no tiene nada que ver, es justamente lo contrario.
Se trata de acostumbrar al cerebro a pensar de otra manera.
Pero los dos sabemos por qué no quieres intentarlo. Porque
va a ser muy duro; porque va a haber muchos días malos,
muchos lloros, muchos gritos y muchos «no puedo». Y solo
de pensar en ello te pones mala, Luisa. Es mucho más cómodo decirle a la niña que se tome un montón de pastillas
cada día.

—Las medicinas que recetan ahora no son tan agresivas,
papá —murmuré—. He estado leyendo sobre ellas. No tienen tantos efectos secundarios.

Él se volvió a mirarme.

—¿De verdad te lo estás planteando? —me preguntó—.
Pero si tú nunca has querido.

—Solo quiero intentarlo. Quiero saber cómo sería sentirme normal. Un poco más normal.

—¿Por ese chico?

No contesté a la pregunta. No hacía falta.

Se hizo un nuevo silencio, esta vez menos agresivo, porque
mi madre había dejado de descargar su frustración en el plato
de patatas fritas.

Ninguno de los tres tenía ya hambre.

—Aceptaré que Ana se medique si antes intenta lo de la
terapia de exposición —dijo mi padre después de un rato—.
Es mi última palabra.

Y entonces mamá soltó lo que hasta entonces había estado reprimiendo, incapaz de contenerse más.

—Tenemos otro hijo, ¿recuerdas? David. ¿Cuánto tiempo hace que no viene a casa?

—Un estudiante universitario está mejor fuera de la casa de sus padres —replicó mi padre en voz baja—. Luisa, por favor, no culpabilices a la niña.

—¡Pero es que ella tiene la culpa! —gritó mi madre con los ojos llenos de lágrimas—. ¿Cómo no va a hartarse un chico de veinte años de tener que aguantar este infierno? ¿Cómo va a querer venir a esta casa de locos? Todo podría ser diferente si se medicara.

—Basta, Luisa, por favor. Le estás haciendo daño.

Y entonces, como hace siempre que pierde el control, mi madre volvió hacia mí su rostro lleno de rencor.

—No, lo que le hace daño es su maldita enfermedad. Siempre es el centro de todo, siempre... La enfermedad de Ana es lo único importante en esta familia.

Bruno

A lo mejor es que yo no me entero de nada. Creía que Ana se lo había pasado bien conmigo el otro día, pero se ve que no. La llamé el sábado… solo para hablar. Ella me había contado mientras cenábamos en el *burger* que algún día le gustaría ser arqueóloga. Y yo al llegar a casa le estuve preguntando a mi padre si conocía algún libro sobre arqueología.

Mi padre es seguramente el taxista que más ha leído del mundo. Como en la parada tienen muchos tiempos muertos, él aprovecha para leer. Lleva haciéndolo veinte años, y le puedes preguntar por cualquier título que quieras, lo más probable es que lo conozca o que se lo haya leído.

Cuando le pregunté lo de la arqueología se quedó pensando un momento, hasta que se le iluminó la cara.

—*Dioses, tumbas y sabios* —dijo, triunfante—. Me lo recomendó hace años un cliente mío que era profesor de instituto. Lo saqué de la biblioteca y me encantó. Qué pasa, ¿que a tu novia le gusta la arqueología?

—No es mi novia —contesté sonriendo—. Todavía.

Y es que yo pensaba… ¿por qué no? Puede que yo no conozca mucho a las chicas, o casi nada, pero no creo que me haya engañado tanto a mí mismo como para convencerme de que Ana estaba bien conmigo cuando no lo estaba. Yo la vi contenta. Un poco nerviosa, como yo, un poco sin saber qué hacer algunas veces, con miedo a meter la pata... Pero no la vi en ningún momento aburrida.

La llamé para hablarle de aquel libro que me había dicho mi padre, pero no me lo cogió. Y el domingo tampoco. Empecé a preocuparme.

Decidí no insistir más y esperar al lunes para hablar con ella en persona. Si le pasa algo conmigo, si se lo ha pensado mejor y ya no quiere volver a verme, lo sabré solo con mirarla.

El problema es que hoy es lunes... Y Ana no ha venido al instituto.

Ahora sí que estoy empezando a agobiarme de verdad. ¿Y si le ha pasado algo? Puede haber tenido un accidente, o yo qué sé. A lo mejor le ha pasado algo a su familia...

Como no puedo dejar de pensar en ella, esta tarde he ido a la biblioteca para ver si tenían *Dioses, tumbas y sabios*. ¡Y lo tenían! Lo he sacado y ya he leído más de setenta páginas. Ana va a flipar cuando descubra todo lo que he aprendido de arqueología desde la última vez que nos vimos.

No me importa que se dé cuenta de que todo es por ella. ¿Qué tiene de malo? Eso no significa que el libro no me esté gustando de verdad. ¡Casi me están entrando ganas a mí también de ser arqueólogo! Ya me lo estoy imaginando. Ana y yo en un todoterreno cruzando el desierto a cincuenta grados de temperatura. En la distancia un templo en ruinas. Vamos a ser los primeros que descifremos las inscripciones de ese templo. Formamos un equipo...

Despierta, Bruno. Lo tuyo siempre han sido las matemáticas, la tecnología... esa clase de cosas.

Pero seguro que las matemáticas también se pueden utilizar para hacer descubrimientos arqueológicos. Las matemáticas sirven para todo. A lo mejor puedo desarrollar un modelo matemático que permita… yo qué sé, encontrar tesoros en barcos hundidos. Eso también es arqueología.

Podría desarrollar un *software* que permita descifrar la escritura de algún reino perdido. Seguro que alguna queda por descifrar, tengo que enterarme. «Houston, Houston, aquí la Tierra… Has salido UN DÍA con ella. Un día. Y ni siquiera te contesta al teléfono. A lo mejor lo de descifrar juntos una escritura olvidada es un plan un poco prematuro».

Bueno, ¿y qué importa? «No hay gloria para los que no se atreven a soñar». Esto no es de *El Señor de los Anillos,* no sé de dónde lo he sacado. A lo mejor de algún *youtuber* medio majara… O puede que me lo haya inventado yo. Nunca lo había pensado, pero puede que tenga un don para inventarme grandes frases.

Voy a fijarme bien a partir de ahora.

Ana

ESTABA temblando cuando llegué a clase. Me había tomado una tila para desayunar, porque sabía que iba a ser difícil, pero no me imaginaba que fuera a serlo tanto.

Llegué al aula casi diez minutos antes de que sonara el timbre. Bruno ya estaba allí. Normalmente no suele ser de los más madrugadores de la clase, pero hoy se me había adelantado. Tuve la sensación de que lo había hecho a propósito: me estaba esperando.

Aparte de nosotros, en la clase solo había un par de chicas que son amigas y se pasan el día colgadas de sus teléfonos móviles. Estaban las dos muy concentradas viendo un vídeo bastante ruidoso en el teléfono de una de ellas. Ni se molestaron en levantar la cabeza cuando entré.

Bruno, en cambio, me sonrió de un modo… creo que me puse colorada. ¿Por qué tiene que tener una sonrisa tan limpia, tan ingenua? Eso me lo pone todo aún más difícil.

Fui directamente hacia él. No tenía sentido evitarlo; le debía una explicación por no haberle cogido el teléfono y quería dársela. Quería aclararlo todo.

Lo había decidido por la noche, antes de dormirme. Era mejor terminar con aquello, fuese lo que fuese, antes de que nos hiciésemos daño. Tenía que explicarle de algún modo comprensible para él que estar conmigo es como estar cerca de una sustancia radiactiva: al principio puede que no notes los efectos, pero antes o después, la radiactividad te afecta, te enferma, te cambia para peor. Es solo una cuestión de tiempo.

Él debió de notar la angustia en mi cara, porque su sonrisa desapareció. Y entonces su rostro serio, sus ojos casi asustados, aún me parecieron más atractivos.

—¿Qué pasa? —me preguntó en voz baja—. Vas a decirme algo malo, ¿a que sí?

Su forma directa de abordar las cosas logró hacerme sonreír, aunque por dentro me sentía como un edificio agrietado, a punto de derrumbarse en cualquier momento.

—No es sobre ti; es sobre mí —intenté explicar—. Si quieres quedamos y te lo explico.

En ese instante llegaron otros dos compañeros, Dani y Nuria. Dani suele andar mucho con Bruno. Le saludó al entrar, y me pareció que arrugaba la frente al verle hablando conmigo.

Pero Bruno apenas le prestó atención. Estaba demasiado concentrado mirándome.

—No quieres que volvamos a ir al cine ni a ninguna parte —dijo—. ¿Es eso?

Miré a mi alrededor. Aunque disimulasen, me pareció que todos en la clase estaban pendientes ahora de nuestra conversación. Y además, no paraba de entrar gente. Resultaba imposible hablar en esas condiciones.

—No es eso —le contesté casi en un susurro—. Es más complicado. ¿Hablamos en el recreo? Podemos ir al parque que está detrás del patio. Allí estaremos tranquilos, ¿no?

—De acuerdo —asintió él—. En el recreo.

Siguió llegando gente, y unos minutos más tarde entró en el aula Tere, la profesora de Lengua. Empezábamos tema nuevo, y como siempre que eso ocurre, ella había preparado un *powerpoint* como introducción. Mientras lo veíamos, yo no dejaba de garabatear en un folio suelto el nombre de Bruno al revés. Lo escribía dos veces, dejaba un espacio y volvía a escribirlo. Luego otra vez, y otra, repitiéndolo febrilmente... pero sin perder nunca la cuenta.

Casi sin enterarme, llené el folio hasta que ya apenas cabía una palabra más. Sin embargo, seguí aprovechando los huecos. El nombre de Bruno repetido, en grupos de dos, cubriendo hasta el último espacio. Hasta el último espacio.

Nerea, que se sienta a mi lado, se fijó en lo que hacía. Estamos juntas porque ninguna de las dos tenemos con quién sentarnos, y básicamente eso es lo único que nos une. Casi no nos dirigimos la palabra, porque en cuanto suena el timbre Nerea intenta acercarse al grupo de sus «supuestas amigas» (que se dedican a ignorarla la mayor parte del tiempo) para no parecer tan patética.

De todas formas, es el segundo año que somos compañeras de pupitre, y supongo que al final eso crea ciertos lazos de confianza.

—¿Estás bien? —me preguntó en un susurro—. La última vez que garabateaste un folio así fue justo antes de que te diera el ataque de asma.

El ataque de asma había sido en realidad un ataque de pánico provocado por una clase de historia en la que nos estuvieron hablando de los campos de concentración nazis.

Campos de concentración nazis.

No, esta vez no era lo mismo, le dije. No se parecía en nada.

Después de Lengua tuvimos Inglés, y después Matemáticas. Las dos clases se me hicieron eternas. Nerea me había recordado aquel episodio horrible del ataque de pánico, y de repente no podía parar de repetirme mentalmente los nombres de todos los campos de concentración que sabía: siempre en grupos de dos, una y otra vez, cada nombre como una piedra que levantaba y arrojaba.

Auschwitz. Auschwitz.

Treblinka. Treblinka.

Mathausen. Mathausen.

Leí una vez en internet que los pensamientos obsesivos son como ganchos a los que se aferra la mente para no enfrentarse a lo que realmente le preocupa. Puede que sea así, pero ¿por qué mi cerebro se tiene que enganchar a las palabras más siniestras? ¿Por qué no se distrae repitiendo el nombre de una estrella, o de un árbol, por ejemplo?

Aquella página web tenía una teoría sobre eso: cuanto más terrible y chocante es el pensamiento, menos espacio deja para la distracción. Puede que mi cerebro esté como una regadera, pero en su locura es completamente eficaz. Había decidido de pronto protegerse para no pensar en Bruno... y desde luego, lo estaba consiguiendo.

Como es lógico, no me enteré de nada en ninguna de las dos clases, y el esfuerzo de aparentar al menos cierto interés en lo que explicaban los profesores terminó dejándome agotada.

Quizá por eso, cuando llegó el recreo nada salió como yo había planeado.

Fuimos al parque. Ni Bruno ni yo hablamos durante el trayecto, que es muy corto, porque la entrada del parque está justo detrás del patio del instituto.

Una vez dentro, nos sentamos en un rincón que hay junto a la verja, bajo un árbol frondoso de hojas oscuras que, según me dijo Bruno, es un tejo. Me fijé en las bayas rojas que colgaban semiescondidas entre el follaje y fui a coger una, pero Bruno me detuvo agarrándome la mano por la muñeca con una firmeza que me sobresaltó.

—No las toques —dijo—. Son venenosas.

Nos quedamos mirándonos. En su semblante, esta vez, no había ni una sombra de sonrisa. Parecía mayor y, al mismo tiempo, extrañamente vulnerable.

—Entonces, no quieres salir conmigo.

La voz se le quebró al decirlo.

—No es eso —murmuré—. Además, no estamos saliendo. ¿Estamos saliendo?

—No lo sé. Depende de ti —contestó él, esforzándose en sonreír.

—Pero eso significa… Tú quieres… ¿Tú querrías?

—Sí, claro que quiero —me contestó muy serio.

De repente no fui capaz de seguir sosteniéndole la mirada, así que clavé los ojos en las puntas de mis zapatos. Nos quedamos callados un buen rato.

—Oye, si tienes dudas, lo entiendo —dijo Bruno de pronto—. Es verdad que no nos conocemos mucho, que solo hemos hablado de verdad el otro día, cuando fuimos al cine… Pero nos lo pasamos bien, ¿no? Solo te pido que me des una oportunidad. Si no te gusto mucho, por lo menos habrás hecho un amigo. Y si al final termino gustándote, bueno… entonces ya estaremos los dos igual, porque tú sí me gustas a mí.

Había hablado con tanta precipitación que al final era como si le faltase el aire.

—También tú me gustas a mí —contesté en un susurro. Y me di cuenta de que aquello era algo que no me había atrevido a pensar hasta el momento en que lo dije. Las estrategias de mi cerebro para impedirme enfrentarme a lo que empezaba a sentir por Bruno no habían servido de nada. Sus ojos se iluminaron, y otra vez aquella sonrisa infantil iluminó su rostro. Me di cuenta de que no podía no confiar en él.

Tenía que contárselo todo. Tenía que decírselo.

—Entonces, todo está bien, ¿no? —murmuró Bruno, y con mucha suavidad, sin dejar de mirarme a los ojos, puso una de sus manos sobre las mías.

—El problema soy yo —acerté a contestar—. Tengo que contarte algo. Pero ahora no; es largo y complicado. Esta tarde, si quieres, quedamos en el centro comercial y hablamos. ¿Te parece? ¿A las siete?

Él asintió, feliz. No tenía ni idea. Dios mío, no tenía ni idea de lo que iba a decirle.

—Sí —contestó rápidamente—. Sí, por supuesto que sí.

Bruno

CREO que ha ido bien, aunque Ana estaba muy incómoda y preocupada al principio. Me había dicho que tenía que contarme algo, pero al final no sé si ha llegado a decirme lo que supuestamente me tenía que decir. Hemos hablado bastante…

A lo mejor lo de que tenía que contarme una cosa fue solo un pretexto para volver a vernos. ¡Como si a mí me hiciese falta una excusa para quedar con ella! Quedaría cualquier día, todos los días, a cualquier hora…

No me canso de estar con Ana.

Es extraño, porque cuando estoy con ella no es que me sienta a gusto, exactamente. Me siento, más bien, como si estuviese sentado al borde de un abismo con las piernas colgando sobre el precipicio y cualquier movimiento pudiese hacerme perder el equilibrio y caer.

Pero lo curioso es que no me da miedo, al contrario. Es excitante. Es lo que deben de sentir los del Circo del Sol cuando ensayan por primera vez un número nuevo. «¿Saldrá bien? ¿No saldrá bien? No lo sé, y no me importa. Si hoy no sale me esforzaré más y mañana saldrá mejor. Esto es el Circo del Sol y yo formo parte de él. ¡Formo parte de la magia!».

Al principio estuvimos los dos bastante cohibidos. Ana propuso que fuésemos a dar un paseo, y yo… yo me empeñé en invitarla a un helado. Era porque estaba asustado. No sabía lo que iba a decirme... pero nadie sería capaz de darte una mala noticia o de contarte una cosa espantosa mientras te comes un helado. Sería demasiado cruel.

Lo mejor es que mi idea funcionó. En cuanto hundimos las cucharillas en nuestras copas especiales con tres bolas, barquillo y bengala (me estoy quedando sin blanca con todo esto, pero ¿qué importa?), noté que su expresión se relajaba. Es lo que yo digo: un helado te hace ver las cosas de otra manera. Menos dramáticas... Y a mí me da que Ana tiende a veces a ser un poco dramática.

Entonces decidí no esperar para sacar mi siguiente paloma de la chistera. En vista de que Ana no se decidía a hablar, encendí mi móvil y le enseñé un plano que tenía en la aplicación de mapas.

Ella lo miró unos segundos sin comprender.

—¿Qué es? —me preguntó.

—La Isla de los Museos de Berlín. Mira, este es el museo de Pérgamo. Y este de al lado el Neues Museum. Es donde está Nefertiti.

Ana alzó los ojos de la pantalla para mirarme.

—¿Has estado investigando?

—Sí. El busto de Nefertiti fue descubierto el 6 de diciembre de 1912 en unas excavaciones de Tel el Amarna, en Egipto. Supongo que siendo diciembre haría frío aunque a lo mejor no, porque siendo Egipto... Bueno, total que el director de las excavaciones era un alemán llamado Ludwig Borchardt. Un tipo con suerte, ese Ludwig. ¿Te imaginas la cara que pondría al ver la escultura de la reina en medio de... yo qué sé, de un montón de trozos de vasijas rotas y cosas por el estilo? Aunque tuviese encima una capa de polvo y tierra de miles de años, debió de darse cuenta de que había encontrado una joya. Es tan perfecta que casi te hace llorar.

—¿A ti también te lo parece? —me preguntó Ana con los ojos brillantes.

—Claro. No la conocía antes de que tú hablaras de ella en la presentación, pero es... buf, tiene que ser increíble verla de verdad. ¿Sabes lo que significa su nombre? «Bondad de Athón, la belleza ha llegado». Dicen que su belleza era legendaria.

—Veo que te has convertido en todo un experto en Nefertiti —observó Ana—. En Nefertiti.

Me hace gracia esa forma que tiene de repetir algunas palabras, como para subrayarlas. Nunca había conocido a nadie que hablase de esa manera.

—Encontré muchas más cosas —dije yo rápidamente—. Por ejemplo, ¿sabías que en 1943 los nazis la sacaron del Neues Museum y la escondieron para que no resultase dañada en los bombardeos? Y menos mal, porque precisamente ese museo fue destruido por las bombas. En medio de todas las barbaridades que hicieron, ¡al menos salvaron a Nefertiti!

Me pareció que Ana palidecía.

—Auschwitz —murmuró—. Auschwitz.

Sacar a relucir a los nazis no había sido muy buena idea. Se nota que Ana es muy sensible, y supongo que pensar en las atrocidades de aquella época la entristeció, porque de repente parecía ausente, desconcentrada.

—Pues todavía no te he contado lo mejor —dije, intentando captar de nuevo su atención—. ¿Sabes que en 2007 analizaron el busto de Nefertiti con tomografía computerizada y descubrieron que debajo de su rostro había otro rostro con rasgos faciales algo distintos?

—No, no lo sabía —dijo Ana, muy sorprendida.

Con tanta charla se me estaba derritiendo el helado, así que me tomé un par de cucharadas mientras pensaba en lo que quería decirle a continuación.

—No has pensado… ¿no te encantaría verla de verdad, en Berlín?

Ana me miró de una manera rara. Rara y triste.

—Estaría muy bien —dijo en voz baja.

Entonces por fin me decidí a soltárselo.

—Pues tengo una idea. ¿Y si vamos a Berlín para el viaje de fin de curso? Es una ciudad que mola, estoy seguro de que no será difícil convencer a la gente de que vote que sí. Piénsalo. ¡Una semana en Berlín! ¡Veremos a Nefertiti! Y estaremos juntos.

—No creo que me dejen ir —murmuró ella.

—¿Por qué no van a dejarte ir? —pregunté asombrado—. ¿Por qué no? Tienes las mejores notas de la clase, todo el mundo lo dice. Y con todo lo que vamos a hacer para sacar dinero, rifas y vender lotería y polvorones y todas esas cosas, al final nos saldrá muy barato. ¡No pueden decirte que no!

—No es por el dinero —explicó Ana removiendo sin ganas los restos derretidos de su helado, que se habían mezclado con la nata—. A mis padres no les gusta que viaje sola. No les parece buena idea.

—¿En serio? Pues haremos que se lo parezca. Tú déjamelo a mí. Estamos en octubre, tenemos meses para convencerlos. Pero antes tenemos que convencer a la gente de la clase de que Berlín es mejor que ir a la playa… vamos, que es mejor que nada.

—Eso te lo dejo a ti —dijo Ana, volviendo a esbozar una sonrisa—. Si alguien puede convencerlos eres tú, eso seguro. A mí no me harían ningún caso.

—Vale, pues entonces te propongo un trato: si yo convenzo a la clase de que el viaje sea a Berlín, tú convences a tus padres de que te dejen ir. ¿Qué te parece?

Ana tenía los ojos fijos en los restos de nata y helado de su copa.

—De acuerdo —dijo—. Lo intentaré.

Ana

—A ver, repítemelo, porque creo que no he debido de oírte
bien —dijo mi madre—. ¿Que te vas a pasar todo el sábado
en casa de ese chico? ¿Viendo películas?

Acabábamos de empezar a cenar cuando por fin me atreví
a decirlo. Llevaba todo el día intentando encontrar el momento, aunque en el fondo sabía que mi madre se lo tomaría
mal independientemente del momento que eligiese para contárselo.

—Viendo *El Señor de los Anillos* —precisé—. Las tres películas. Una detrás de otra.

No me atrevía a levantar los ojos del plato, donde mi tor-
tilla francesa se estaba enfriando. En el silencio que se hizo
después de mi explicación podía oír el zumbido metálico del
frigorífico.

—¿Y sus padres qué opinan de esto? —me preguntó por
fin papá.

Su tono, al menos, era tranquilo, no como el de mi
madre.

—No sé lo que opinarán, no los conozco. Mañana tienen
que ir a no sé qué comida con los compañeros de trabajo de la
madre. Nos quedaremos solos con la hermana pequeña de Bruno, que tiene once años. Ellos vendrán a última hora de la tarde.

Nuevo silencio. Mi madre se bebió de un trago el agua de su vaso y se sirvió otro de la botella. Me fijé en que las manos le temblaban.

Se bebió el segundo vaso, esta vez a sorbos cortos y rápidos. Papá y yo la mirábamos expectantes.

Por fin dejó el vaso en la mesa y me miró. Estaba intentando controlarse.

—Es pronto para un plan como ese, Ana. Es demasiado pronto. Piensa en lo que nos estás diciendo: un día entero en casa de unas personas que ni siquiera saben lo de tu enfermedad. ¡Y sin ningún adulto cerca, por si te da un ataque! ¿Qué pasaría si de repente te pusieras mal, hija? ¿Qué harías entonces?

—Siempre podría llamarnos —dijo mi padre.

—Por si me da un ataque. Un ataque —repetí, apretando los puños por debajo de la mesa hasta que los nudillos se me quedaron blancos—. Hablas como si estuviera loca de atar, como si fuese a coger un cuchillo y a matar a alguien.

—No voy a entrar en ese juego —replicó mi madre, cada vez más nerviosa—. Si quieres vivir de espaldas a tu enfermedad, si quieres ponerte una venda, adelante. Pero antes piensa si es justo. Piensa si es justo para ese chico que le ocultes cómo eres realmente.

—Ana es más que su enfermedad —observó mi padre. Él también estaba tenso ahora, furioso con mi madre—. Ana es mucho más que su enfermedad. No puedes reducir lo que ella es a la descripción de un manual de psiquiatría. Tiene derecho a una vida, por Dios. ¿Cómo es posible que no lo veas?

—¿Crees que yo no quiero que tenga una vida? ¿Crees que yo no quiero que sea feliz? —una vez más, mi madre tenía los ojos húmedos de llanto—. No hay nada que quiera más en el mundo. Pero eso no me hace cegarme a la realidad. ¿Tú de verdad crees que Ana puede ir por ahí como cualquier chica?

Mi padre se puso de pie y arrojó la servilleta encima de la mesa, quizá con más fuerza de la necesaria.

—Sí lo creo —dijo—. Creo que al menos tiene derecho a intentarlo. Y nosotros tenemos el deber de apoyarla.

—¿Es que yo no la apoyo? —preguntó mi madre en tono quejumbroso—. ¿Es que no la he apoyado siempre? ¿Quién se traga todas las conferencias y terapias de grupo de la asociación? ¿Quién se lee todos los libros que salen sobre el TOC? ¿Quién ha estado allí cada vez que ha perdido la cabeza y hemos tenido que sacarla de la habitación a rastras porque le daba miedo salir?

—Tú no has sido la única —murmuró mi padre.

Como si se hubiesen puesto de acuerdo, los dos me miraron. Qué miradas, Dios mío. Tan tristes, tan vacías de esperanza.

—Voy a contárselo —dije—. A Bruno. Intentaré contárselo mañana.

Mi madre dejó escapar uno de esos suspiros suyos que suenan a reproche.

—O sea, que piensas ir.

No le contesté. Solo la miré a los ojos. Sin repetir lo que me había dicho. Sin rehuir su mirada. Sin miedo.

Era la forma más contundente posible de decir que sí.

Bruno

SOLO hay una cosa mejor que un maratón de *El Señor de los Anillos*: un maratón de *El Señor de los Anillos* junto a una chica que te hace sentir cosas que creíste que nunca sentirías.

Esa chica es Ana.

Yo no sabía que esto iba a pasar, que ella llegaría a parecerme tan misteriosa y especial y única como para que todo lo que pienso a lo largo del día gire a su alrededor.

Su cara cuando se fueron encendiendo una tras otra las almenaras de Gondor en *El Retorno del Rey*. Su piel: se le había erizado de emoción en los brazos y en el cuello. Y aunque yo he visto cien veces esa escena, mi piel, al verla a ella, también se erizó.

Fue entonces cuando pasé un brazo alrededor de sus hombros. Necesitaba sentir el contacto de aquella piel que responde como la mía ante una escena épica. Necesitaba tocarla y, al mismo tiempo, protegerla en aquel momento perfecto. Que ella supiese que no estaba sola, que yo estaba a su lado sintiendo lo mismo.

Ella, sorprendida por mi gesto, pero no sobresaltada, me miró. Yo pulsé el botón de pausa en el mando a distancia. No era algo que tuviese planeado.

Entonces se lo dije. O más bien se lo susurré. Quizá no encontré voz para hablar más alto. Nunca pensé que llegaría a pronunciar aquellas palabras que me aprendí hace tiempo.

—«Elen sila lúmenn'omentielvo».

Ana sonrió. Nunca la había visto sonreír con tanta facilidad, como si nada en el mundo le importase en ese momento aparte de nosotros.

—¿Qué significa? —me preguntó.

—Es lengua élfica. «Una estrella brilla en la hora de nuestro encuentro».

Quizá la forma en que me salió la voz, ronca y un poco temblorosa, le hizo comprender la mezcla de miedo, necesidad, deseo, magia y veneración por ella que sentía en ese momento, porque dejó de sonreír. Sus ojos, sus grandes ojos del color de un mar profundo y en calma, estaban tan cerca de los míos que casi me sentía capaz de zambullirme en ellos.

Era lo único que quería: hundirme en aquella mirada. Vivir en ella, respirar en ella.

Nos besamos.

Bruno

ME he pasado todo el fin de semana pensando en ella. Quiero regalarle algo, algo que sea tan único y valioso que no haya dinero en el mundo para comprarlo: una estrella, una tormenta sobre el mar, la historia de un reino perdido...

De pronto lo vi claro como el cristal: Nefertiti. Ese museo de Berlín. Puedo regalarle eso: su primera vez delante de la escultura que tanto admira.

He estado dándole vueltas y yo creo que puedo conseguirlo. La gente en la clase no tiene nada claro adónde ir de viaje de estudios. Han hablado de Italia, pero a muchos no les apetece porque les suena a lo de siempre. Quieren algo más original. Otros no buscan más que fiesta y playa. Si lo hago bien, puedo convencer a unos y a otros de que Berlín es el sitio ideal. Una ciudad grande, moderna, famosa no solo por sus museos y su historia sino también por su cultura alternativa. Les gustará a todos. Les sonará especial, diferente.

Para ir preparando el terreno, he estado haciendo algunas llamadas, sobre todo a compañeras. Primero telefoneé a Sonia, luego a Carla, luego a Nerea. A Nerea le pedí el teléfono de Carolina. ¡Quién iba a decirme a mí hace tres semanas que cuando por fin tuviese el teléfono de Carolina lo iba a usar para pedirle algo para otra chica! El caso es que me pareció que le gustaba que la llamase. No solo a ella, a todas. Parecían sentirse halagadas de que quisiese contar con su opinión antes de proponer la idea de ir a Berlín en la clase. Y todas me dijeron que Berlín les parecía genial.

También quedaron en comentarlo con sus amigas.

Después llamé a Dani. Esta última semana prácticamente solo nos hemos visto en el entrenamiento de baloncesto, y todavía no he podido contarle lo de Ana. Aunque yo creo que se lo huele…

Cuando le dije lo de Berlín y le pedí que votase a favor, se quedó flipando.

—A mí me da lo mismo un sitio que otro, pero ¿por qué Berlín? —me preguntó—. ¿Qué se nos ha perdido allí?

—Es que es una ciudad que tiene para todos los gustos: el muro, los museos, los barrios alternativos, el movimiento okupa… Hasta un parque de Legoland.

—¿Un parque de Legoland?

A Dani le han entusiasmado los legos desde que era pequeño. En su habitación, sobre la mesa, tiene armada «La estrella de la muerte». Son no sé cuántos miles de piezas.

—Un miniparque, pero he leído que está bastante bien. Entonces qué, ¿te apuntas? Y si puedes contárselo por ahí a los otros… Tiene también un museo de Tecnología que flipas, con aviones completos, submarinos y de todo. Y uno de los mejores zoos del mundo.

—Lo del zoo no voy a decírselo, que alguno igual se cree que le estoy llamando infantil. Aunque a mí me molaría verlo.

—O sea, que cuento con tu voto —le dije.

—Por un colega lo que sea. Pero con una condición: me tienes que contar de qué va esto. Porque tanto interés de repente por los alemanes me está empezando a mosquear.

Ana

OBSESIÓN con los números pares.

Obsesión con la exactitud.

Miedo de perder u olvidar información relevante si se tira algún objeto o se borra información.

Incapacidad para decidir sobre acciones cotidianas.

Incapacidad para decidir si tirar o guardar ciertos objetos.

Repaso mental repetitivo de acontecimientos o acciones para prevenir daños.

Necesidad de contar mientras se realiza una tarea.

Necesidad de repetir ciertos actos o palabras un número par o impar de veces.

Necesidad de repetir frases con ciertas variaciones para deshacer daños o eliminar palabras consideradas «peligrosas».

He sacado estos síntomas de la web de una asociación americana de ayuda a las personas con TOC. Solo he copiado algunos de los que yo padezco más habitualmente. Pero no son los únicos. Hay otros. Deben de haberlos puesto en otra sección. Veamos:

Miedo a actuar impulsivamente y dañarse a uno mismo.

Miedo a actuar impulsivamente y dañar a otros.

Miedo a los gérmenes y a las enfermedades.

Necesidad de lavarse las manos u otras partes del cuerpo repetidamente para prevenir enfermedades o contaminaciones.

Necesidad de repetir ciertos movimientos corporales.

Necesidad de hacer repetir a otros determinadas acciones o frases.

Necesidad de realizar una tarea un número «seguro» de veces.

Necesidad de comprobar obsesivamente que una tarea se ha realizado satisfactoriamente.

Necesidad de releer o de reescribir ciertos pasajes.

Necesidad de comprobar repetidamente que no se ha sufrido ningún daño.

Necesidad de comprobar repetidamente que no se ha hecho daño a otra persona.

Necesidad de tocar un objeto repetidamente.

Esta lista es un pequeño resumen de mi vida. Y eso que hay síntomas que yo tengo y que no aparecen en los listados de ninguna web que yo haya visitado: por ejemplo, mi obsesión con hacer listas con mi ropa y luego decidir a suertes qué prendas voy a ponerme cada mañana. O llevar unos dados en el bolsillo del anorak y echarlos disimuladamente antes de decidir si tomo una calle u otra de camino al instituto.

He hecho esta lista porque quiero repasármela bien antes de hablar con Bruno. Voy a contárselo todo, pero quiero hacerlo de una manera ordenada, como lo haría un médico o un psicólogo explicando en qué consiste el trastorno a alguien que nunca ha oído hablar de él.

Y es que lo otro no puedo contárselo. Lo otro, lo que se siente cuando se apodera de ti la urgencia de hacer algo que sabes que es absurdo y ridículo pero aun así lo haces porque no eres dueña de tu cerebro, porque si no lo hicieras caerías en el pánico y perderías el control y todos a tu alrededor se asustarían, y lo sabes porque ya ha pasado otras veces, y lo único que deseas es que no se repita, al menos que eso no se repita, y si para que no se repita tienes que pasar dos veces por cada puerta y lavarte las manos exactamente tres veces antes de cada comida y evitar escribir ciertas palabras, lo haces. Te sientes derrotada e infantil, te sientes una loca que debería estar encerrada en un psiquiátrico, pero a pesar de todo lo haces. Al fin y al cabo son solo gestos, palabras, pequeñas acciones del día a día. Con el tiempo aprendes a ocultarlos, a repetirlos con disimulo, con tal discreción que nadie a tu alrededor se da cuenta de lo que estás haciendo. Como mucho, notan que hablas de una manera graciosa. O que vas demasiadas veces al baño.

Es triste, cuando repasas esa lista. Es triste ver que las palabras que más se repiten son tres:

Necesidad. Miedo. Daño.

A eso se reduce todo. Al miedo. Al miedo a sufrir y a la necesidad de intentar prevenirlo con una magia inútil que sabes que jamás funcionará. Quieres ser algo más que una pobre criatura condenada a morir algún día.

Morir.

Quieres ser un pequeño dios, el hechicero de la tribu, ostentar un poder que al menos sirva para aplazar o neutralizar las amenazas más inmediatas. Un poder hecho de palabras, de gestos, de repeticiones.

Necesidad. Daño. Miedo.

Ojalá pueda hacérselo entender.

Durante todo el fin de semana no quise pensar en esto. Estaba flotando, como en una nube. Habíamos visto juntos las tres películas de *El Señor de los Anillos*. Nos habíamos besado. Yo, la enferma mental, la maniática obsesiva que a veces tiene que ducharse entera después de pasar por delante de un hospital, le había besado en los labios. Y no había corrido al baño después para intentar lavarme y quitarme los gérmenes.

Él me había susurrado unas palabras en élfico. Tengo que pedirle que me las escriba. No las recuerdo, pero sí recuerdo su traducción:

«Una estrella brilla en la hora de nuestro encuentro».

«Una estrella brilla en la hora de nuestro encuentro».

Lo creí. Creí que una magia más grande y poderosa que la mía había tomado el relevo, que de pronto estaba curada. Él me había curado. Su amor. Porque en sus ojos había amor; o al menos había algo profundo y salvaje que yo no había visto antes y que no sabría cómo describir.

O quizá sí:

Miedo. Necesidad. Asombro. Deseo.

Es curioso que dos de las palabras coincidan con dos de las que más se repiten en mi lista. Tengo que pensar en ello. Tengo que intentar entenderlo.

Supongo que traté de engañarme a mí misma. Me dije que era definitivo, que me había curado mágicamente. ¿Por qué no? A veces ocurre. He leído que algunas personas atraviesan una fase obsesivo-compulsiva en la infancia o la adolescencia y luego la dejan atrás. Nunca del todo. Nunca para siempre. Pero a lo mejor mi caso era distinto…

Tuvo que llegar el lunes para que me diera cuenta de que nada había cambiado. Sigo siendo yo: la enferma. La que no se curará nunca.

Él me tenía preparada una sorpresa. Había estado haciendo llamadas el domingo intentando convencer a los compañeros de que Berlín era el mejor sitio para ir de viaje de fin de curso. Y sorprendentemente, lo había conseguido.

Entre la primera clase y la segunda, la delegada anunció que, a petición de varios compañeros, íbamos a hacer en el recreo la votación del destino del viaje. Ahí empezó mi angustia.

Me pasé toda la clase de Química escribiendo «Berlín» debajo de los apuntes y tachando luego la palabra. Berlín. Tachadura. Berlín. Tachadura. Berlín. Tachadura.

Berlín…

No sabía qué hacer con el nombre, cómo neutralizar su peligro, como acorralarlo y apartarlo y borrarlo, como si nunca hubiera existido.

Berlín.

Daño. Necesidad. Miedo.

Y llegó el momento de la votación. Bruno habló en favor de Berlín. Elena, una chica que repite curso, defendió un circuito por Italia. La delegada apuntó esos dos destinos en la pizarra y añadió un tercero que, según ella, siempre tenía partidarios: una semana de playa en Tenerife.

Estábamos a punto de votar cuando me levanté y atravesé la clase abriéndome paso entre mesas y carteras en dirección a la puerta.

—Ana —dijo la delegada—. Pero qué haces, ¿te vas?

—Lo siento, tengo que ir al baño.

Y sí, fui al baño. Me lavé la cara. Tres veces. Miré a mi alrededor. Escuché para ver si había alguien dentro de los servicios. No se oía nada, y ninguna puerta estaba cerrada del todo. Volví a lavarme otras tres veces mientras repetía Berlín, Berlín, Berlín, Berlín... en grupos de doce.

Lo fui susurrando todo el tiempo en el trayecto de vuelta a la clase. Berlín, Berlín, Berlín, Berlín... en grupos de doce.

No sabía por qué lo hacía. No sabía si estaba rezando a mi manera para que saliese en la votación o para que no saliese.

Berlín, Berlín, Berlín...

Cuando entré, varios rostros se volvieron a mirarme con una mezcla de curiosidad y burla.

—Ya hemos votado —me informó la delegada—. Ha salido Berlín por cinco votos de diferencia, así que tu voto al final no hacía falta para decidir. Supongo que no te importa... Bueno, está claro que no te importa.

Se oyeron algunas risitas aquí y allá. Muchos estaban ya de pie, poniéndose las chaquetas para salir al patio.

Bruno se me acercó. Nunca le había visto tan serio, tan... decepcionado.

—Aunque no lo creas, me ha costado mucho conseguir esto —me dijo.

—Yo no te lo pedí —repliqué, a la defensiva—. Ha sido idea tuya.

—Ya lo sé, pero lo hice porque pensé que te gustaría.

—Ya te dije que no voy a poder ir.

Él me miró sin decir nada. Me di cuenta de que le había herido.

—Hay una razón —murmuré—. Te dije que tenía que contarte una cosa y todavía no te la he contado. ¿Puede ser hoy?

Asintió. Estaba un poco asustado. Por primera vez intuía algo.

—Debe de ser muy gordo para que no hayas podido decírmelo hasta ahora —dijo en tono de broma.

—Es muy gordo —le dije.

Debió de leer en mis ojos que hablaba en serio, porque en toda la mañana no volví a verlo sonreír.

Bruno

QUEDAMOS a las cinco. La cafetería acababa de abrir cuando llegamos (es una de esas que cierran a mediodía). Ni siquiera habíamos pedido cuando Ana me lo soltó.

—Tengo trastorno obsesivo compulsivo.

—¿Tienes qué?

Nunca lo había oído, pero no podía sonar peor.

Ana abrió la cremallera de su bolso en forma de mochila y rebuscó, nerviosa, hasta encontrar un papel. Lo desplegó y empezó a leerlo.

Era una lista de síntomas. La mitad ni siquiera los entendí. Sabía lo que significaba cada palabra, pero, por algún motivo, el significado de las frases enteras se me escapaba. Capté algunas cosas que se repetían una y otra vez: miedo, ansiedad, necesidad… repetición.

Así que era eso. No se trata de una manía graciosa de mi princesa élfica, lo de repetir a veces ciertas expresiones como para llamar la atención sobre ellas. No lo hace a propósito.

Lo hace porque no puede remediarlo.

Intenté escuchar, poner todos mis sentidos en lo que ella trataba de explicarme, pero un calor agobiante me asfixiaba, como si estuviese en el medio de un incendio. Y la veía allí, delante de mí, pero al mismo tiempo era como si la viese de lejos, empequeñecida por aquella distancia hecha de palabras que nos separaba y que yo ni siquiera intentaba ya disminuir.

Me estaba quemando por dentro de miedo.

Una parte de mí, una parte fría y malévola que yo ni siquiera conocía, se estaba riendo de mí mientras Ana hablaba. Se burlaba de mí por mi estupidez, por mi ceguera. ¿Cómo era posible que no me hubiese dado cuenta antes? Dani me lo había advertido: había algo raro en Ana, algo que mantenía apartados a los demás. Yo preferí ignorar sus palabras, convencerme a mí mismo de que no eran más que prejuicios injustos.

No lo eran.

Ya sé que no es culpa de Ana. Es una enfermedad. Una maldita enfermedad.

Pero es una enfermedad que la esclaviza, que le impide llevar una vida normal. Si tienes que pasar seis veces por debajo de una puerta y cada vez que oyes la palabra muerte, o enfermedad, o Nefertiti, necesitas que te la repitan, es muy difícil que puedas relacionarte con los demás como si no te pasara nada.

Por eso ella me dijo desde el principio que no podría ir a Berlín. Desde el principio.

Si la hubiese escuchado…

Le reproché que no me lo hubiese dicho antes. No con malas palabras. En realidad, con muy pocas palabras. Me costaba trabajo pronunciar cada sílaba.

En realidad sé que no es justo. En su lugar, probablemente yo habría hecho lo mismo. Ana tenía miedo de mi reacción, tenía miedo de que, al saber la verdad, yo intentase apartarme.

Un miedo justificado.

Sé que es cobarde por mi parte, pero ¿qué puedo hacer? La había idealizado, en mi mente ella era una persona que realmente nunca ha existido. Supongo que eso pasa siempre que te enamoras… pero no siempre te llevas un batacazo tan duro cuando te enfrentas a la verdad.

Ella no sabía cómo pedirme perdón por no habérmelo dicho antes. Era cruel, y terrible, verla allí tratando de darme explicaciones mientras yo la miraba y pensaba en que lo único que quería en ese momento era salir corriendo.

Me obligué a dominarme, a escuchar, a fingir una comprensión que no sentía. No deseaba hacerle daño. Ya era suficientemente duro lo que me estaba contando. Ser así… ni siquiera me lo puedo imaginar.

Intenté que se sintiera a gusto. Le hice preguntas. Desde cuándo estaba enferma, si tomaba medicinas o algún tratamiento, si iba a un psiquiatra, si era algo genético. Si algún día se curaría.

Las respuestas fueron bastante precisas. Le diagnosticaron la enfermedad al final de Primaria, pero los síntomas empezaron mucho antes. No sabe si, en su caso, tiene un componente genético. Ningún otro miembro de su familia la padece. Va a un psiquiatra de vez en cuando, pero dejó la psicoterapia de tres sesiones semanales el año pasado. Según ella, solo conseguía angustiarla aún más. Tampoco toma ninguna medicación. Tiene épocas peores y épocas mejores. Ahora está en una época buena. En las épocas malas hay días en los que le aterra salir de casa. En general, su enfermedad se considera un trastorno permanente. No se cura, aunque hay personas que llegan a mejorar mucho gracias a una mezcla de medicación y terapia «conductista» (que no sé lo que es).

No me atreví a preguntarle lo más importante: cómo es vivir así, cómo es levantarte cada día y empezar a luchar contigo mismo y con tus obsesiones absurdas, cómo haces para seguir adelante.

Sentir tanta compasión por ella me daba casi vergüenza. No era compasión lo que había sentido dos días antes, mientras veíamos juntos *El Señor de los Anillos*. Entonces se apoderó de mí un sentimiento tan intenso que lo eclipsaba todo, como la oscuridad eclipsa las formas y los colores de los objetos. Era urgencia de acariciarla y miedo de tocarla, las dos cosas al mismo tiempo. Era asombro por tenerla tan cerca y deseo de encarcelarla en mis brazos. Era…

Definitivamente no era lástima.

—Ahora que ya lo sabes, no te sientas mal si quieres romper —me dijo—. Es lo que haría cualquiera. De todas formas, yo nunca podría salir con un chico de una forma «normal». Y si siguiésemos adelante con esto, antes o después te haría daño.

La miré a los ojos. Y me di cuenta de que, a pesar de sus palabras, aún tenía esperanza. Quería que yo le dijese que no pasaba nada, que a mí no me importaba lo de su enfermedad, que seguía sintiendo lo mismo, que quería seguir adelante.

No fui capaz de decírselo.

—Tengo que asimilarlo —fue todo lo que pude contestarle—. Necesito un poco de tiempo. Pero de todas formas, te agradezco que, aunque tarde, me lo hayas dicho.

Aquella última frase sonó horriblemente a despedida. Y ella se dio cuenta.

—Tómate el tiempo que quieras —dijo—. Y ahora, si no te importa, me voy a casa. Un café no es precisamente lo que necesito.

Bruno

ANOCHE estuve hasta las cuatro de la mañana delante del ordenador, buscando información sobre el TOC. Cuando se me agotaron las páginas en español empecé con las que estaban en inglés. En ese idioma el Trastorno Obsesivo Compulsivo se conoce como OCD, Obsessive Compulsive Disorder. En inglés no entendía ni la mitad de las frases, pero de todas formas copié y pegué un montón de párrafos que me parecieron interesantes en un documento de *word* que me he creado para recoger todos los datos posibles sobre la enfermedad. Tengo que admitir que lo principal ya me lo había explicado Ana. Básicamente, el trastorno consiste en que quienes lo padecen son incapaces de controlar sus obsesiones y se sienten impulsados a hacer un montón de cosas absurdas que a ellos les ayudan a controlar su angustia.

Hay libros y películas sobre el tema. Una película de Jack Nicholson que no he visto, *Mejor imposible* (¿es que ese tío siempre hace de loco? La verdad, no me extraña, con esa cara… Pero no, no quería decir eso. «Loco» no es la palabra adecuada. Justamente contra ese «estigma» es contra lo que luchan los enfermos de TOC. No es justo para ellos). También hay un personaje de *Glee,* una profesora, que tiene la enfermedad, o el trastorno, o como se llame.

De todas formas, yo no he visto *Glee*. Los musicales me sacan de quicio.

De todo lo que he estado leyendo, lo que más me ha llamado la atención es la frecuencia del TOC. Uno de cada cien adultos padece el síndrome. Eso significa que todos debemos de conocer a alguien que lo tiene… pero como es algo relativamente fácil de ocultar, sobre todo a las personas que no son íntimas, no nos damos cuenta de lo extendida que está esta enfermedad.

Y eso significa que Ana no está sola. Hay mucha gente como ella en el mundo. Aunque eso no lo hace más fácil, supongo.

Acerca del origen del trastorno no he sacado mucho en claro. En algunas familias se ha demostrado que hay un componente hereditario, pero en otros casos no parece que sea así. También se ha hablado de la influencia de un posible trauma de la infancia en el desarrollo de la enfermedad, pero, de nuevo, no es algo generalizado. Por lo visto ocurre solo en algunos casos.

Estuve leyendo testimonios de afectados, casi todos de Estados Unidos, y la verdad es que te ponían los pelos de punta. Sobre todo porque es gente que conserva todo su sentido de la realidad: saben que lo que hacen no tiene ninguna justificación ni utilidad, saben que con sus comportamientos a la larga no solucionan nada, que todo es un gran engaño de su cerebro, que por ceder a ese engaño renuncian a llevar una vida normal y hacen sufrir a sus seres queridos. Pero no tienen elección: no pueden levantarse un día y decir: voy a actuar como si no estuviera enfermo. No es tan sencillo.

Con mucho esfuerzo y la ayuda de profesionales, algunas veces sí que pueden llegar a controlar su conducta. Eso se consigue gracias a algo que los psicólogos llaman «terapia de exposición». Consiste en exponer al enfermo a la situación que tanto le aterroriza una y otra vez, impidiéndole al mismo tiempo que reaccione con su comportamiento compulsivo de siempre.

A los pacientes les resulta terriblemente angustioso al principio. Pero con el tiempo, parece que funciona.

Ojalá ayer no me hubiese quedado tan bloqueado cuando Ana me lo contó y le hubiese hecho más preguntas. Debió de quedarse muy decepcionada con mi reacción.

Ni siquiera me ofrecí a acompañarla a casa. ¿Cómo pude ser tan insensible? Ella debía de estar deshecha, y yo... solo podía pensar en mis propios sentimientos.

Estaba descolocado. Aturdido; como si acabara de recibir un golpe.

No puedo dejar de imaginar en lo que haría Ana al llegar a su casa. ¿Se lavaría la cara varias veces para intentar borrar cualquier rastro de lo que había pasado? ¿Repetiría mi nombre una y otra vez? ¿Lo escribiría... para luego tacharlo?

Solo de pensarlo me dan escalofríos.

Y sin embargo, tengo que pensarlo. Tengo que acostumbrarme a pensarlo, porque si Ana tiene que vivir con eso y a mí me interesa Ana, yo también tendré que vivir con ello a partir de ahora.

Ya sé que ayer por la tarde había decidido todo lo contrario. Había decidido alejarme de Ana, no volver a verla nunca más.

Tenía miedo.

Pero no me gusta tener miedo. O, si lo tengo, no me gusta dejar que me venza.

Ana no es un sueño; no es una fantasía de mi imaginación. Es una persona de carne y hueso, y todo lo que me gustaba de ella ayer por la mañana (sus ojos claros y pensativos, sus silencios, su forma apasionada de hablar de Nefertiti), todo eso es real. Ahora sé que hay una parte de ella que no conocía, una parte muy difícil de comprender y, seguramente, de aceptar. Pero es parte de ella. Es Ana.

He leído y leído en internet todo lo que he podido encontrar sobre el TOC porque no quiero engañarme a mí mismo. Si sigo en esto, no va a ser a ciegas. Quiero saber exactamente a qué me enfrento; a qué se enfrenta Ana todos los días.

Esta mañana ha faltado a clase. Después de lo que le dije (o más bien, de lo que no le dije) no es que me haya extrañado. Pero aun así, me habría gustado verla allí, luchando, demostrándome que no está dispuesta a rendirse. Aunque ¿por qué tendría que demostrarme nada? Yo le di la espalda ayer. Me comporté como un idiota, como un cobarde. Solo me faltó decirle que no volviese a acercarse a mí... Me avergüenzo solo de pensarlo.

De todas formas, lo voy a arreglar. Es decir, si no es demasiado tarde.

Ayer, con el mazazo de la noticia, casi no presté atención a algo que Ana me dijo, algo sobre su madre. Me dijo que ella siempre intentaba protegerla para que no sufriese todavía más, y que por eso no le gustaba que hubiésemos empezado a vernos, porque pensaba que antes o después yo le haría daño. Y también me dijo que su madre nunca le permitiría que hiciese ese viaje a Berlín, y que en cierto modo se lo agradecía, porque así ni siquiera tendría que angustiarse pensando en si quería ir o no, ni siquiera tendría que plantéarselo.

Pero eso no es justo. Ni siquiera es bueno para Ana. Vale, no soy ningún especialista en TOC, de hecho ayer por la mañana no sabía que existía esa enfermedad. Pero todo lo que leí esta noche en internet iba en la misma dirección en cuanto a los tratamientos: proteger al paciente no funciona. Necesita enfrentarse a sus peores temores. Necesita que le ayuden a luchar consigo mismo.

Ya me imagino que no debe de ser fácil, pero ¿por qué nadie está ayudando a Ana a intentarlo? Leí que era muy duro, que muchos pacientes abandonan, que para las familias a veces se vuelve insoportable. Pero Ana es fuerte. Yo sé que Ana, a pesar de todo, es fuerte. ¿Por qué no iba a probar, al menos?

Sé que me estoy metiendo donde no me llaman. Y sé que, después de mi espantada de ayer, ahora mismo Ana no querrá ni verme. Pero de todas formas he tomado una decisión. Quiero estar ahí para ella. Quiero ayudar.

Me tiré más de cinco minutos con el móvil en la mano antes de decidirme a llamarla. Y mientras esperaba a que me lo cogiera, notaba el martilleo de mi corazón contra el pecho, rápido y desordenado.

Por fin alguien contestó.

—Bruno —dijo una voz de mujer que no era la de Ana—. Te llamas Bruno, ¿verdad? Ana no puede ponerse en este momento.

—¿Es su madre?

—Sí. Y aprovecho para decirte algo que por lo visto a ella se le olvidó decirte. Si sientes algo de aprecio por Ana, por favor, no vayas contando por ahí lo de su enfermedad. Si es que no lo has hecho ya… Sé que es una tentación, pero piensa en el daño que le harías. Solo te pido eso.

—No voy a contárselo a nadie —repliqué indignado.

—Bien; pues… en ese caso… le diré que has llamado.

—No. Un momento. Tenemos que hablar.

Al otro lado, la madre de Ana tardó un momento en responder.

—¿Quieres hablar con ella? Hoy no es un buen día, Bruno, lo siento. Quizá más adelante.

—No; con quien quiero hablar es contigo. Aunque, si Ana se siente con fuerzas para estar presente, sería muchísimo mejor.

Ana

Y yo que pensaba que no volvería a verlo fuera del instituto… Bruno ha venido a casa hoy. Y lo más raro de todo es que no ha venido para verme a mí (o no solo para eso). Quería hablar con mis padres.

Me puse muy nerviosa cuando mi madre vino a avisarme. ¿Con qué derecho se atrevía a dar un paso así sin consultarme antes? Nos hemos visto solo dos o tres veces fuera de clase. La última vez, cuando le conté lo mío, su reacción no fue precisamente la que se esperaría de un «novio», ni siquiera de un chico al que le gustas. Se quedó horrorizado, ni siquiera le salían las palabras. Y su cara… su cara era todo un poema. Casi sentí lástima por él, cuando debería haber sido al revés.

Llegué a casa pensando que aquello había sido el final de todo entre nosotros. En cualquier caso, no me arrepentía de habérselo contado. Era lo justo. Aunque habría preferido que él hubiese reaccionado de otra forma, que hubiese intentado tranquilizarme, decirme que a él no le importaba mi enfermedad, que le importaba yo…

No había sido así. Y en el fondo le agradecía su sinceridad. En ningún momento había intentado disimular el impacto que le había producido mi «revelación». Estaba asustado… y ni siquiera intentó ocultarlo.

Por eso, cuando lo vi allí en la cocina, sentado ante una taza de café que mi padre acababa de servirle, tan serio, tan pálido, casi no podía creérmelo. No habían pasado ni veinticuatro horas desde nuestro encuentro en la cafetería. ¿A qué había venido?

Sobre todo, ¿por qué se había empeñado en ver a mis padres?

Por su parte, ellos parecían tan desconcertados como yo. Mi madre lo miraba con manifiesta desconfianza, y mi padre, aunque con una expresión más amable, tampoco estaba cómodo, se le notaba en su forma de cruzar los brazos sobre el pecho, como si instintivamente quisiese protegerse de algo.

—Ana me ha contado lo de su trastorno —dijo él en el mismo momento en el que yo entré—. Espero que no os importe.

Mis padres cruzaron una fugaz mirada.

—En todo caso sería mi problema, no el tuyo —le espeté, indignada—. ¿A qué has venido?

—A intentar entender. Y a decirte que quiero ayudarte, y que tengo un plan. Un plan en el que tendríamos que ponernos de acuerdo todos.

Aquello era el colmo. Hacía menos de veinticuatro horas que conocía la existencia del Trastorno Obsesivo Compulsivo y tenía un plan. ¿Cómo podía ser tan ingenuo?

Creo que mi madre iba a preguntarle lo mismo (o algo mucho peor) en voz alta, pero mi padre se le adelantó.

—A ver, cuéntanos tu plan, Bruno. Aunque te advierto que el TOC no es un trastorno con el que se pueda luchar a base de «planes». Pero ya que estamos aquí, te escuchamos.

—Dices que no se puede luchar con la enfermedad a base de planes, pero entonces ¿cómo se lucha? ¿No haciendo nada?

¿Dejando que Ana se enfrente sola a lo que le pasa un día tras otro, sin esperanza de mejorar, sin objetivos? Tiene que haber una manera mejor.

—¿Cómo te atreves? —estalló mi madre poniéndose en pie y encarándose con él—. No nos conoces de nada. No sé qué te habrá contado Ana, pero ¿quién eres tú para venir aquí a cuestionar nuestra forma de ayudarla, tú, que ni siquiera la has visto una sola vez en sus peores momentos, que ni siquiera te puedes imaginar lo que es vivir con esto?

Bruno se había ruborizado intensamente.

—Ya sé que no soy nadie para meterme —dijo—. Ana es especial para mí, y si hay algo que yo pueda hacer para que sufra un poco menos estoy dispuesto a intentarlo. Pero no puedo hacerlo solo.

—¿Y qué es lo que quieres intentar? —preguntó mi padre.

Por primera vez desde mi llegada a la cocina, mis ojos se encontraron con los de Bruno. Nos miramos un instante en silencio.

—Hay un viaje. Un viaje del instituto, a Berlín. Yo me empeñé en que fuera a Berlín y convencí a los demás porque pensé que a Ana le gustaría. Allí está el busto de Nefertiti, entre otras cosas. A Ana le encanta.

—Sí, sí, eso ya lo sabemos. Pero como comprenderás, Ana no puede hacer esa clase de viajes —le interrumpió mi madre—. A todos nos gustaría que fuese de otra manera, pero hay que aceptar la realidad.

—¿Y por qué va a ser esa la realidad? ¿Por qué no puede cambiar? —protestó Bruno con una extraña intensidad—. Ana tiene derecho a hacer ese viaje. Sería la que más lo disfrutaría de toda la clase. ¿Por qué va a renunciar sin intentarlo siquiera?

—No se trata de intentarlo —murmuré yo, interviniendo por primera vez—. Yo lo intento. Siempre lo intento.

Él se volvió hacia mí.

—Lo sé —dijo, suavizando su tono—. Pero esta vez sería distinto. He estado leyendo lo de las terapias de exposición. Todo el mundo dice que funcionan. Podrías ponerte en tratamiento para preparar el viaje. Nosotros te ayudaríamos: los tres. Ya sé que yo no pinto nada en esta familia, pero soy uno más, uno más dispuesto a ayudar. Y tampoco sé muy bien en qué consistiría ayudar, pero si significa estar ahí, acompañar, compartir lo que venga, yo puedo hacerlo.

—Te lo agradezco, Bruno —dije—. Pero yo...

—Ni siquiera sabes de qué estás hablando —me interrumpió mi madre en tono despectivo—. ¿Tú tienes idea de la cantidad de libros que yo he leído sobre el TOC? Esas terapias son brutales, y muchas veces ni siquiera funcionan. ¿Por qué quieres someter a Ana a eso? Ya tiene suficiente con lo que tiene.

—Pero es que ese viaje podría ser lo que ella necesita —se atrevió a contestar Bruno, aunque se le veía perder confianza por momentos—. Es Berlín. Yo me empeñé en que fuese Berlín.

—Si alguna vez Ana se siente con fuerzas para ir a Berlín, nosotros la llevaremos —replicó mi madre, inflexible—. No necesita todo el estrés añadido de un viaje de estudios. Es ridículo: ¿por qué tendría que ir con un montón de compañeros que ni siquiera saben lo que le pasa? A no ser que estés proponiendo que se lo contemos a todos. Si quieres ponemos un anuncio.

Sentí que tenía que salir en defensa de Bruno. No se merecía aquello.

—Solo quiere ayudar —dije en voz baja—. Sé que intentas ayudarme, que crees que es lo mejor para mí, y te lo agradezco.

Nuestras miradas volvieron a encontrarse.

—¿Tú no crees que sería lo mejor? —me preguntó, y la voz se le quebró al hacerlo.

Me encogí de hombros.

—Es imposible. Mi madre tiene razón, sería absurdo. En esos viajes se convive durante horas y horas. No podría disimular continuamente. Todo el mundo se daría cuenta.

—Pues que se den cuenta —contestó Bruno rápidamente—. ¿Qué más da? No pasaría nada. De todas formas, podríamos hablar con los profesores que nos acompañen, contárselo solo a ellos. Con su ayuda, todo sería más fácil.

—El chico tiene razón —dijo mi padre de pronto, sorprendiéndonos a todos—. ¿Por qué no intentarlo? Podría ser el incentivo que necesita Ana para empezar una terapia de exposición.

Mi madre lo miró con incredulidad.

—¿Pero es que os habéis vuelto todos locos? ¿Tú te imaginas a Ana, a tu Ana, haciendo un viaje en avión sola, reclamando la maleta en un aeropuerto, enfrentándose a personas a las que no entiende porque hablan otro idioma?

—No estaría sola —murmuró Bruno—. Yo estaría con ella.

Mi madre lo observó con la cabeza ladeada.

—Tú —dijo, casi riéndose de él—. ¿Y qué experiencia tienes tú en viajes internacionales?

—El año pasado fui a Inglaterra —repuso Bruno cándidamente—. Pero eso no importa. Lo importante es que Ana no estará sola. Estará conmigo, en una ciudad increíble donde podrá ver a Nefertiti y a Akenatón y un montón de cosas interesantes que seguro que le van a encantar.

—Podría funcionar —dijo mi padre, pensativo—. Es una locura, pero podría funcionar. Si Ana quiere intentarlo…

Mi madre se volvió hacia mí.

—Ana, por favor, demuestra que tú tienes más sensatez que ellos. Diles que ya está bien. Mientras tú no se lo digas no lo van a dejar.

Yo solo quería salir corriendo, refugiarme en mi habitación y sacar mis dados. Si sale impar diré que no. Si sale par…

Pero allí estaba Bruno, sudando en su camisa negra de manga larga que debía de haber elegido a propósito para parecer un chico formal delante de mis padres, pasando probablemente el peor rato de su vida. Tan serio, tan perdido en toda la situación, y al mismo tiempo tan… esperanzado.

Y allí estaba mi padre, mirándome, sin muchas esperanzas de que esta vez me pusiese de su parte, pero aun así, decidido a ponerse siempre de la mía.

—Quiero ir a Berlín —dije—. Quiero intentarlo… Quiero poder decir que, al menos, hice todo lo que pude para que esto saliese bien.

Abril

Ana

Es la tercera vez que viajo en avión. Las dos primeras fueron hace años: yo tenía siete. Mis padres decidieron llevarnos a David y a mí a ver Eurodisney antes de que mi hermano fuese ya demasiado mayor para disfrutarlo. En aquella época yo todavía no tenía comportamientos compulsivos, o al menos no los recuerdo. Pero sí recuerdo la angustia. El avión me pareció demasiado pequeño, y en el viaje de ida, cuando el pasajero que viajaba delante de mí reclinó el asiento hacia atrás, sentí que el espacio era demasiado estrecho para respirar, que me faltaba el aire.

Esta vez, al menos no voy a tener ese problema. Bruno y yo estuvimos pendientes para sacar las tarjetas de embarque por internet en cuanto se abrió el plazo, y tenemos los asientos de delante del todo, de modo que no hay pasajeros que puedan molestarme echando hacia atrás su asiento.

El problema es que ahora yo soy más grande que a los siete años, pero el espacio sigue siendo el mismo de entonces. La verdad, no puede decirse que no sea agobiante.

Ana, tranquilízate. Llevas meses preparándote para esto. Se supone que has aprendido a respirar profundamente para relajarte. Has dejado los dados en casa, y la libreta donde apuntabas tus listas.

Queda esto: el diario. Pero la psicóloga considera que puede servirme de ayuda. Me permite exteriorizar lo que siento sin ceder a los impulsos irracionales a los que estoy (todavía) tan acostumbrada. Según ella, no es mala idea que lo lleve a todas partes, y que escriba en él cada vez que sienta la necesidad irrefrenable de hacerle repetir una frase a alguien o de contar las baldosas que hay entre la cola de los equipajes y los servicios (y si son impares, tomar otro camino, desde otro lado, y empezar de nuevo).

Así que eso es lo que estoy haciendo: escribir.

Es curioso, porque desde que empecé a salir de verdad con Bruno no había vuelto a abrir el diario. Supongo que por primera vez la vida era más interesante que mis interminables reflexiones sobre ella.

Todavía no puedo creer que siga aquí, conmigo. Ahora mismo está dormido, y la verdad es que no me extraña que tenga sueño, porque hemos tenido que levantarnos a las cuatro de la mañana para ir al aeropuerto.

Ojalá yo pudiera dormir como él. También estoy cansada, no he dormido ni dos horas. Y eso es malo, muy malo en mi caso, porque cuando mi cerebro está cansado, el córtex prefrontal tiene menos capacidad de controlar y dominar los ataques de angustia, miedo e inseguridad que se generan en la amígdala (y cuando intenta pensar le sale esta jerga neurológica y pedante porque, de todas maneras, es la forma en la que la psicóloga me ha enseñado a reflexionar sobre mis obsesiones y mis miedos).

Sonrío como una idiota al pensar en lo que han sido estos cinco meses juntos. Bruno ha conseguido, entre otras cosas, que me convierta en una de las chicas más envidiadas del instituto. ¡Cinco meses! Hemos pasado juntos cada recreo, hemos salido cada fin de semana, hemos estudiado juntos para los exámenes (sí: estudiado. Aunque claro, con algunas pausas). Yo he leído los tres libros de *El Señor de los Anillos*. Él se ha leído *Orgullo y prejuicio*, que es uno de mis libros favoritos, y que al principio no le gustó porque decía que era muy lento y que no pasaba nada. Los dos nos hemos leído *Dioses, tumbas y sabios*.

Yo he ido muchas veces a su casa, y él ha venido a la mía. Poco a poco conseguí acostumbrarme a tenerle cerca sin perder la cabeza por los nervios, sin preocuparme de lo que pudiera pasar y sin intentar imaginarme mil veces todas las situaciones posibles.

«Terapia de exposición». En su caso, ha sido fácil.

Solo en su caso.

Pero no quiero pensar en la terapia ahora. Cuando recuerdo los peores momentos… me dan escalofríos.

Y es algo que no ha terminado. No terminará nunca. Si quiero seguir progresando, tendré que volver a pasar por ello. «Terapia de exposición…».

No. No debería empezar a hiperventilar. Debería sentirme orgullosa por lo que he sido capaz de hacer. Por estar aquí. En un avión. ¡Rumbo a Berlín!

Ojalá el vuelo fuese directo. Pero la clase entera se empeñó en cogerlo con escala en Zúrich porque salía más barato, y aunque Bruno intentó hacerles cambiar de opinión no hubo forma.

Eso significa que dentro de diez minutos o un cuarto de hora se encenderán los indicadores para recordarnos que nos abrochemos los cinturones, porque vamos a aterrizar.

Me aterra pensar en los controles del aeropuerto. Parecen lugares pensados para torturar a gente como yo. Bueno, como yo y como todo el mundo. En realidad, no creo que le gusten a nadie.

Y para colmo, según nos explicó antes Eva, una de las profesoras que vienen con nosotros, tenemos el tiempo justo para pasar los controles y llegar a la otra puerta de embarque. Si este avión se retrasa, hasta es posible que perdamos el otro.

Será mejor que deje de escribir por ahora. Tengo que prepararme para lo que se avecina. Unas cuantas respiraciones profundas: inspirar, exhalar…

Puedo hacerlo. He hecho cosas mucho más difíciles que esto.

* * *

Acabo de releer las últimas palabras que escribí antes de aterrizar en el aeropuerto de Zúrich. «Puedo hacerlo».

Tonta. Tonta. Estúpida. Ridícula.

Una hora más tarde la estaba montando en el escáner del equipaje de mano. Delante de Bruno. Delante de todo el mundo.

No sé qué me entró. Pero eso no es ninguna novedad: nunca lo sé. Nunca lo entiendo.

Había mucha gente. Eva nos metió prisa porque decía que íbamos con retraso y algunas chicas se habían metido en los servicios y no acababan de salir. Empezó a entrarme calor; ¿cómo es posible que hiciera tanto calor en Zúrich? Yo también quería ir a los servicios, aunque solo fuera para refrescarme echándome un poco de agua en la cara. Pero no me atreví. No quería separarme de Bruno. Sabía que aquello era el principio de un ataque de angustia.

Ojalá hubiese tenido los dados. Si hubiese tenido los dados a lo mejor todo habría sido diferente. Los dados me tranquilizan. Puedo echarlos sin que nadie prácticamente se dé cuenta. Pero no los traje. Quería hacer las cosas bien, así que no los traje.

El único problema es que yo no puedo hacer las cosas bien, por mucho que se empeñe Bruno, por mucho que intente ayudarme.

Eva, la profe de Plástica, también intentó ayudarme hace un rato, cuando estábamos en el escáner.

Eva sabe lo de mi enfermedad. Mis padres fueron a hablar con ella en cuanto se enteraron de que nos iba a acompañar en el viaje. Dijeron que había estado muy comprensiva, pero yo tengo la sensación de que desde entonces me mira como asustada.

No sé qué me entró. Mi mochila ya había pasado el escáner, lo mismo que la bandeja en la que había puesto mis botas, el móvil y la chaqueta. Y fue entonces cuando me di cuenta de que no había sacado el *ereader*. Se suponía que tenía que sacarlo. El vigilante del escáner no me había dicho nada, solo me había indicado con un gesto que siguiera. Pero yo no lo había hecho bien. El lector tenía que ir en una bandeja, no dentro de la mochila y envuelto en un chubasquero.

Tenía que pasarlo otra vez. Intenté explicárselo al vigilante en inglés, pero él no me entendía, y me miraba con cara de creciente desconfianza a medida que yo iba perdiendo los nervios.

Bruno, que había pasado justo detrás de mí, intentó calmarme.

—Ana, si sigues con esto va a llamar a los de seguridad y vamos a perder el otro avión. Por favor, déjalo. Si no te calmas vamos a tener problemas.

Mientras me hablaba me había agarrado por un brazo y, casi a la fuerza, me había arrastrado hasta una esquina de la larga mesa donde la gente, después de pasar el escáner, dejaba sus bandejas. Eva, que acababa de darse cuenta de lo que pasaba, vino como una flecha hacia nosotros. Todo el mundo nos miraba.

El otro profesor, Darío, estaba intentando explicarle algo al vigilante en inglés. Seguramente Eva le habrá contado lo mío y estaría tratando de echar una mano.

Bruno me hablaba con suavidad, intentaba convencerme de que me pusiese otra vez las botas. Pero yo no podía. Recuerdo que el suelo estaba muy frío. Lo único que yo quería era volver a pasar el escáner.

—Llévatela, si sigue montando el escándalo aquí vamos a tener problemas —oí que le decía Eva—. La puerta de embarque es la E34. ¿Quieres que llame a su familia?

—No, todo está bien —mintió Bruno—. Tú tranquila, nos vemos en la puerta de embarque.

Recuerdo que temblaba. Estaba temblando de pies a cabeza. Y sollozaba como una niña pequeña.

Bruno me abrazó. Me besó. Me apartó los pelos de la cara, me limpió las lágrimas con sus manos y me besó casi con violencia, borrando todo lo que me rodeaba.

—Puedes hacerlo —susurraba entre beso y beso—. Tú puedes.

No sé si trataba de convencerme a mí o a sí mismo. Parecía tan triste en ese momento, tan desamparado.

Pensé en todo lo que se había esforzado para que este viaje se hiciera realidad, para que yo pudiera venir. El día que logró convencer a mis padres (al menos a mi padre). Todas las veces que se había prestado a hablar con la psicóloga. Y cuando me lo encontraba allí en la sala de espera, jugando a uno de esos videojuegos que a él le gustan mientras esperaba a que saliera de la terapia.

No quería echarlo todo a perder. Le debía intentarlo. Al menos intentarlo.

Aunque no podía dejar de temblar, le dejé que me ayudase a ponerme las botas y que me cogiese de la mano para ir a la sala de embarque. Los pasillos, las puertas, las luces, las caras de la gente… todo parecía demasiado grande o demasiado pequeño, y los colores eran demasiado vivos, como irreales, como si estuviésemos dentro de una pesadilla.

Pero a pesar de todo llegamos a tiempo a la puerta de embarque. Y aunque mis compañeros miraban, y cuchicheaban, y volvían a mirar, nos sentamos allí, los dos juntos, a esperar para subir al avión.

Lo conseguimos. Juntos. Y aquí estamos…

Pero quién sabe lo que pasará la próxima vez.

Bruno

Un autocar nos ha traído desde el aeropuerto hasta el hotel. En todo el camino, Ana no ha pronunciado ni una sola palabra.

Ella estaba sentada junto a la ventanilla, yo a su lado. A través del cristal, en la penumbra lluviosa del atardecer, vimos desfilar edificios y árboles que podrían encontrarse en cualquier ciudad de cualquier parte del mundo. Había, eso sí, mucha gente en bicicleta, a pesar de la lluvia. Casi todos llevaban chubasqueros y capuchas bien abrochadas bajo la barbilla para no mojarse.

Quizá no es el mejor sitio del planeta para animarse, Berlín.

Dentro del autocar, un grupo de chicas se puso a cantar una canción cursi desentonando a propósito. Los demás se reían, les decían que se callaran o hacían los coros. Desde donde yo estaba sentado podía ver la expresión estoica del conductor, un hombre de mediana edad con la cabeza rapada y un tatuaje de una serpiente en la nuca. Probablemente estaría deseando llegar a su casa para ver a su mujer y a sus hijos… o para tomarse una cerveza delante del televisor.

A lo mejor debería haber intentado hablar con Ana allí en el autocar. Nadie nos prestaba atención, podríamos haber comentado lo ocurrido en el aeropuerto de Zúrich. Pero, no sé por qué, no fui capaz. Supongo que yo también necesito recuperarme del susto antes de tranquilizarla a ella.

Podía haber sido un desastre. Estaba tan nerviosa... Nunca antes la había visto así. Podrían haberle impedido subirse al avión en ese estado. Menos mal que se calmó a tiempo. Lo que me preocupa ahora es que Eva llame a la madre de Ana para contárselo todo. Prometió que informaría de cualquier problema que surgiese en el viaje. Si puedo, hablaré con ella en cuanto se me presente la ocasión y le pediré que por esta vez no diga nada. Tal y como es la madre de Ana... la creo capaz de coger el próximo vuelo que salga de Madrid para presentarse aquí.

A lo mejor ella tiene razón y todo esto es una locura, o mejor dicho... una «temeridad», que es su expresión favorita. Allí en el autocar, casi en la oscuridad, Ana parecía tan hundida, tan avergonzada... Hacía daño mirarla.

Se suponía que esto no tenía que pasar. Ha trabajado muy duro en los últimos meses para que no pasase. ¿De qué ha servido toda esa terapia de exposición?

En teoría estábamos avisados. Sabíamos que salir de sus rutinas y enfrentarse de golpe a tantas cosas nuevas podía desestabilizarla. Pero ¿tanto, y tan pronto?

Ya sé que es absurdo hacerse preguntas así; como si existiesen respuestas, como si en esa enfermedad hubiese alguna lógica que pudiera guiarnos. No la hay.

Yo lo que más siento es que el episodio del escáner va a condicionar a Ana durante todo el viaje a partir de ahora. Toda la confianza que poco a poco había conseguido reunir ha debido de esfumarse de golpe. Ahora tiene miedo: tiene miedo de volver a perder el control. Y no hay nada peor que el miedo para ella.

¿Por qué tiene que ser tan difícil? Solo pido una semana. Una semana de tranquilidad, para poder pasear juntos por la ciudad, y entrar en los museos, y hacernos fotos delante del muro… qué sé yo, como haría cualquier pareja de nuestra edad.

Y luego, para terminar de complicar las cosas, están los otros, nuestros compañeros. Muchos vieron lo que pasó en el aeropuerto. No entendieron lo que significaba, pero vieron llorar a Ana, desesperarse, y la cara de asombro y desconfianza del vigilante, y cómo hacía una llamada para que se acercasen los de seguridad…

Mientras esperábamos a que repartiesen las habitaciones, Dani vino a preguntarme. Ana se había quedado sentada en un sofá del vestíbulo, con nuestras maletas. Le había dicho que yo me encargaría de recoger las llaves.

—¿Qué le pasó a tu novia antes? —me preguntó—. ¿Por qué le montó aquel número al del escáner?

—Un malentendido, por el idioma —dije, improvisando—. Creía que tenía que volver a pasar la mochila… Una tontería.

—Ya. Pues se puso histérica. El del escáner la miraba asustado.

Lo comentaba como si fuese una anécdota divertida, algo curioso que había pasado, sin más.

—Yo qué sé, los nervios del viaje —contesté—. No ha dormido… me imagino que por eso saltó.

—Nadie ha dormido. ¡Ni vamos a dormir! —dijo Dani, feliz—. Sería una pérdida de tiempo.

—Te he oído, Dani —dijo Eva, apareciendo por detrás de nosotros—. Bruno, ven conmigo un momento, si no te importa.

Me llevó a un rincón del vestíbulo, detrás de unas plantas, y me entregó dos tarjetas.

—La de tu habitación y la de Ana. Están comunicadas. Sois los únicos que tenéis habitaciones individuales, y no sé ni cómo voy a explicárselo a los demás. En fin, están en el cuarto piso... en el mismo que la mía. Para que podáis avisarme si pasa algo.

—Pero la única que ha pagado el suplemento por habitación individual es Ana. Yo puedo dormir con los otros.

—Después de lo que ha pasado hoy, prefiero que no. Tú eres el único que parece capaz de entenderla, y francamente me gustaría evitar problemas en lo que queda de viaje. He estado hablando con el recepcionista, tienen esas dos habitaciones comunicadas y no nos cobrarán ningún suplemento por la tuya. Así podrás vigilarla de cerca.

—Solo fue un momento de nervios. No va a volver a pasar, de verdad.

Eva arqueó las cejas.

—¿Cómo lo sabes? Es impredecible. No deberíamos haber dejado que viniera. No sé ni cómo me dejé convencer. Mi compañero Darío me lo dijo: es una bomba de relojería.

—Eso no es así. En el instituto nunca ha creado problemas. Todo va a salir bien —dije, intentando convencerme a mí mismo a la vez que a Eva—. Por favor, no llames a su madre. Si se lo cuentas se va a preocupar mucho.

Eva meneó la cabeza, poco convencida.

—Pero es que es mucha responsabilidad, esto. ¿Y si por no avisar luego pasa algo?

—Solo por esta vez —supliqué—. Por favor. Si vuelve a pasar algo, entonces la llamas. Ana controla mucho más de lo que parece, te lo aseguro.

Una débil sonrisa suavizó el rostro de la profesora.

—Desde luego, tienes mucho valor, Bruno. No debe de ser fácil estar con una chica así.

—No es fácil —admití—. Pero merece la pena.

Eva miró hacia el mostrador de recepción, donde unas compañeras habían empezado a discutir por las habitaciones.

—Tú sabrás —me dijo—. Si queréis, podéis ir subiendo, tú y Ana. Yo tengo que poner orden por aquí.

—Y sobre la llamada…

—No te preocupes, no voy a llamar a su madre por ahora. Pero si pasa algo me lo tienes que decir. Tú sales con ella, pero la responsabilidad, al final, es mía… Prométeme que me avisarás.

Ana

DORMIR me vino bien. Supongo que ayer, los nervios y el agotamiento me jugaron una mala pasada. Tendría que haber descansado más antes del viaje. En fin, ya no tiene remedio. Esta mañana me desperté con una sensación de bienestar que pocas veces he sentido. Una luz pálida, casi invernal (aunque estamos en primavera), acariciaba los muebles sencillos y funcionales de la habitación: un escritorio alargado, una silla de rejilla metálica, un sillón naranja con una mesita redonda enfrente, y las lámparas, con sus pantallas de lienzo crudo y sus pies metálicos.

Una oleada de entusiasmo me invadió por dentro al comprobar dónde estaba. No había sido un sueño: me encontraba en Berlín, lo había conseguido. A pesar de todo, lo había conseguido. Lo más difícil estaba hecho.

Solo después de un rato, cuando ya me había metido en la ducha, me volvieron los recuerdos de mi ataque de angustia junto al escáner en el aeropuerto de Zúrich. Empecé a frotarme la piel de los brazos con violencia, como si así fuera a ser capaz de arrancar aquella escena de mi mente. Aunque en el fondo sabía que no funcionaría.

Me estaba secando el pelo con una toalla cuando oí unos golpes en la puerta que comunica mi habitación con la de Bruno.

Fui a abrir con la toalla de baño enrollada alrededor de mi cuerpo. Antes de que me diera tiempo a decirle buenos días, me rodeó la cintura con sus brazos y me atrajo hacia él. Nos besamos.

Era una forma perfecta de empezar el día.

El bufé del desayuno me pareció un poco caótico. Todo el mundo iba y venía con platos en los que se mezclaban cruasanes, donuts, salchichas y huevos revueltos. Los de nuestro grupo habían ocupado unas mesas largas en un extremo del comedor. Hablaban a voces, hacían mucho ruido.

—¿Nos sentamos con ellos? —me preguntó Bruno.

—Si quieres...

Entendió perfectamente que no me apetecía, así que elegimos una mesa para dos junto a la ventana. Tuve la sensación de que él habría preferido sentarse con los demás; pero yo no me sentía con fuerzas para tanto jaleo a aquellas horas de la mañana. Ya íbamos a tener suficientes actividades de grupo el resto del día... Para después del desayuno teníamos programada una «visita panorámica de Berlín» en autocar. Todos juntos.

El autocar nos estaba esperando en la puerta del hotel. El conductor era el mismo que nos trajo ayer del aeropuerto. A medida que íbamos subiendo al vehículo nos iba saludando a todos en alemán: «Morgen». «Morgen». «Morgen».

Empezamos el recorrido. Había bastante tráfico, muchos semáforos, y un montón de bicicletas que nos adelantaban por la derecha y por la izquierda, obligándonos a frenar cada dos por tres. Estaba nublado, pero al menos no llovía. En las calles no había demasiada gente, y casi todos los que pasaban iban solos. No se veían turistas.

En un semáforo, le señalé a Bruno el muñequito verde con sombrero que indicaba a los peatones que podían pasar.

—Mira, el Ampelmann. Es una herencia de la Alemania del este —le expliqué—. Se lo inventaron para animar a los niños a cumplir las normas de tráfico, y por lo visto funciona. Al final se ha terminado convirtiendo en un símbolo de Berlín.

—¿Lo pone en tu guía? —me preguntó Bruno sonriendo.

Asentí.

—Lo estuve leyendo ayer, en el avión.

La primera parada era delante de la Puerta de Brandenburgo. Nos bajamos del autocar, y todo el mundo empezó a sacar el móvil y a hacer fotos.

¡Cuántas veces me había imaginado aquella escena! Llevaba meses intentando adivinar qué sentiría. A veces me daba miedo pensar en el viaje, lo veía tan lejos… Pero, al final, ha llegado.

Bruno me hizo fotos con su móvil, y yo se las hice a él con el mío. Dani, otro chico de la clase, se ofreció a hacernos una foto juntos. Después, algunos se metieron en una tienda de *souvenirs* para comprar postales, y Eva tuvo que entrar a buscarlos porque había que continuar con el recorrido.

Mientras los esperábamos, el otro profesor, Darío, vino a hablar conmigo.

—¿Qué tal estás? —me preguntó—. Ayer estuviste a punto de armar un buen lío, por lo que me han contado.

Debí de ponerme roja hasta la raíz del pelo.

—Me puse nerviosa… pero estoy bien.

Bruno, que estaba borrando fotos de su móvil para desocupar memoria, se acercó corriendo. Su cara de preocupación…

no se me borra de la mente. ¿Tanto miedo tiene a que meta la pata?

No sé por qué, aquello me deprimió. De repente perdí el interés por la Puerta de Brandenburgo, y por el obelisco que se veía a lo lejos, entre una masa de árboles, y por la ancha avenida en obras que lleva al centro de la ciudad y cuyo nombre, traducido al español, significa «Bajo los Tilos».

De repente, todas esas cosas pasaron a un segundo plano. Y el primer plano lo ocuparon los grititos de Sonia, una compañera, y los cuchicheos de Natalia y Ainhoa (sentí una punzada de tristeza al recordar que una vez fuimos amigas) y sobre todo la expresión de fastidio de Darío mientras insistía de corrillo en corrillo en que había que volver al autocar. Esa cara vacía de emociones, aburrida, fría...

No puedo creer que también él sepa lo mío.

He soñado durante meses con este viaje: Unter den Linden, la Puerta de Brandenburgo, el Ampelmann... He imaginado una y otra vez cómo sería cuando los tuviera delante, cuando el sueño se hiciese realidad. Pero de pronto estaba allí, lo tenía todo a mi alrededor, lo estaba viendo, y aun así era como un espejismo.

El mundo no había cambiado porque yo estuviese en Berlín. Yo no había cambiado. Seguía siendo la misma criatura patética de siempre, con las mismas obsesiones y las mismas manías.

Aun así, hice un esfuerzo por seguir adelante. No quería arruinarle la excursión a Bruno, él no se lo merecía. Sus ojos sonrientes parecían los de un niño al que le acaban de regalar un juguete. Habría sido cruel decirle que el juguete estaba roto, que no valía nada... que nunca había valido nada.

Volvimos al hotel para la comida. Otra vez bufé. Odiaba aquello: tener que ir con el plato de un mostrador a otro eligiendo, eligiendo, eligiendo entre montones de comida que al final parecían todos iguales. No quería tener que elegir. Mis dados… ojalá no me los hubiese dejado en casa.

No sé ni lo que me eché en el plato. Todo sabía al final a una mezcla de kétchup y mostaza y salchichas y lechuga reblandecida. Solo quería acabar. Demasiado ruido, todos hacían demasiado ruido con los platos y los vasos y los cubiertos. Y las voces. ¿Por qué tenían que hablar tan alto?

—He estado enterándome. No cierran el Neues Museum hasta las cinco —me gritó Bruno por encima de todo el jaleo—. Ahora por la tarde hay tiempo libre, ¿quieres que nos acerquemos? Así podrás ver enseguida a tu Nefertiti.

—No es mi Nefertiti. Y no quiero ir a ningún museo ahora —le repliqué.

Yo misma me sorprendí de mi aspereza. Bruno arqueó las cejas, sorprendido.

—Yo lo decía por ti. Pero si quieres que lo dejemos para mañana… ¿Adónde vamos hoy, entonces?

—Tú no sé. Yo no voy a ningún sitio —en ese momento me di cuenta de que tenía los ojos llenos de lágrimas—. No puedo seguir con esto, no quiero… lo único que quiero es encerrarme en mi habitación y descansar.

Bruno

ANA ha estado un día y medio sin salir de su habitación. Ayer, cuando subimos de la comida, cerró por dentro la puerta de comunicación entre su cuarto y el mío, y en toda la tarde no volvió a salir.

Pensé que necesitaba tiempo a solas para adaptarse a todas las novedades del hotel y del viaje, así que al principio no me preocupé demasiado. Hasta salí con los otros a ver el muro y el Checkpoint Charlie (una garita donde el ejército americano vigilaba el paso fronterizo entre Berlín Oriental y Berlín Occidental durante la Guerra Fría). Intenté hacer lo que hacían todos: fotografiar el muro, disparar algunos *selfies*, imaginarme cómo sería la vida en el Berlín de aquella época. Dani y los otros estuvieron especialmente pendientes de mí, todo el tiempo bromeando y tratando de incluirme en la conversación. Les veía la lástima en los ojos cuando me miraban.

«Solo necesita tiempo», me repetía una y otra vez.

Cuando, a la hora de la cena, Ana no apareció, Eva y Darío vinieron a hablar conmigo.

—Esto no puede seguir así —me dijo Eva—. ¿Te ha dicho cuándo tiene pensado salir? Yo he ido a hablar con ella y ni siquiera me ha abierto.

—Solo me dijo que estaba cansada y que quería dormir —mentí—. Seguramente no te ha abierto porque estará dormida. Ana tiene el sueño muy pesado.

Eso les dije. Pensé que era una forma de ganar tiempo. Hasta me convencí a mí mismo de que realmente era eso lo que estaba pasando.

Pero esta mañana nada había cambiado. Cuando me desperté, la puerta de comunicación entre mi cuarto y el suyo seguía cerrada. Llamé y llamé hasta despellejarme los nudillos, pero Ana no me abrió.

No sabía qué hacer. Me sentía el más idiota y desgraciado del mundo. Empecé a suplicarle que lo hiciese por mí, que abriese aunque solo fuera por eso, pero ella ni siquiera se molestaba en contestarme.

De pronto me asusté. No era posible que Ana me ignorase de esa forma, que me dejase suplicar como un bobo sin tan siquiera contestarme. ¿Y si estaba inconsciente, o, peor aún...? ¿Y si había hecho una tontería?

Empecé a cargar contra la puerta, intentando abrirla por la fuerza. Mis patadas debieron de asustarla, porque de pronto habló.

—Déjame en paz —la voz le temblaba, y era más chillona de lo habitual; casi no la reconocía—. Si no me dejas en paz ahora mismo llamaré a recepción para que manden a los de seguridad.

No podía creer que me hubiese dicho aquello.

Me quedé aturdido, como si acabase de recibir un puñetazo en la cara. No podía creer que Ana me estuviese tratando así. ¿Por qué lo hacía?

Como sonámbulo, bajé a desayunar. Iba a sentarme con Dani y sus amigos cuando Eva se me cruzó en el camino.

—¿No va a bajar? —me preguntó.

Parecía, por su tono, que me estuviese culpando a mí.

—Es que ha estado vomitando toda la noche. Se ve que algo le ha sentado mal —improvisé—. Le pasa muchas veces. Dice que se va a quedar en la cama esta mañana, pero por la tarde seguro que ya estará bien.

Eva me miró con suspicacia. Miento fatal, nunca he sabido hacerlo. Las mejillas me ardían de vergüenza. Pensé que la iba a tomar conmigo, pero, sorprendentemente, lo dejó pasar. A lo mejor necesitaba convencerse a sí misma de que le había dicho la verdad, de que todo estaba bien.

De buena gana me habría quedado yo también en el hotel, pero no quería añadir más leña al fuego, ni más sospechas a las que ya circulaban; así que, después del desayuno, recogí mi mochila y me fui con todos a ver la iglesia del Kaiser Guillermo, que impresiona bastante porque conserva una torre rota, de la época de los bombardeos en la Segunda Guerra Mundial.

Después de ver por dentro la iglesia, salimos a la feria que había justo detrás. La mayoría de las atracciones estaban vacías, pero el tiovivo se puso en marcha para mis compañeros. Casi todos se habían subido. Yo me quedé abajo, viéndolos dar vueltas, subir y bajar en sus caballos de colores, sin parar.

A lo mejor fue por mirar tan fijamente, o por el frío… El caso es que los ojos se me nublaron.

Tragué saliva. Quería deshacer aquel nudo en la garganta que casi me impedía respirar. Estaba en Berlín. Había soñado durante meses con ese viaje. No era justo que Ana convirtiese aquel sueño en una pesadilla.

Cuando regresamos al hotel para comer, Eva volvió a acercarse a mí.

—Dile que si no sale llamo a su madre inmediatamente —me dijo—. Yo no puedo responsabilizarme de una persona así. Voy a decirles que vengan a buscarla.

Subí a la habitación con el alma en un hilo. No sabía qué iba a decirle. Ya lo había intentado todo. Pero tenía que transmitirle lo que me había dicho Eva.

Desde mi cuarto, llamé de nuevo a la puerta de comunicación. Dos, tres, cuatro veces. Nada. Ninguna respuesta.

Me pareció oír pasos al otro lado de la puerta.

—Ana, dice Eva que si no sales va a llamar a tu madre para que venga a buscarte. No puedes dejar que haga eso. Por favor...

La puerta se abrió de golpe, sobresaltándome. Ana estaba al otro lado, en pijama. Llevaba el pelo recogido en una cola de caballo, y tenía los ojos hinchados de llorar.

—No hace falta que se moleste —dijo, en un tono tan hostil que era como si no estuviese hablando conmigo—. Ya la he llamado yo. Va a venir a buscarme. Está intentando encontrar billete.

La miré con incredulidad.

—No puedes hacer eso. Pero ¿por qué? ¿Qué ha salido mal? Si todo estaba yendo bien...

—No; nada estaba yendo bien, Bruno, solo que tú no quieres aceptarlo. ¿Qué ha salido mal? ¿Me preguntas qué ha salido mal? ¡Yo he salido mal! He intentado hacer esto por ti, pero está claro que ha sido una mala idea. Lo siento; siento haberte arruinado el viaje... pero no te preocupes, no estaré mucho tiempo más aquí.

Iba a cerrar otra vez la puerta después de soltarme aquello, sin esperar siquiera a ver lo que yo decía. Se lo impedí. Me metí en su habitación y entonces, sí, cerré. La agarré por los hombros. Solo quería que me mirase a los ojos. Las lágrimas me quemaban, resbalándome por las mejillas. Sabía que debía de tener un aspecto patético en ese instante, pero no me importaba.

—Estás siendo una cobarde —le dije, temblando—. Ya sabíamos que iba a ser difícil, los dos lo sabíamos. Pero ¿por qué no puedes seguir intentándolo? ¿Por qué quieres rendirte?

Ella retrocedió un paso, desasiéndose. Seguramente nunca me había visto así, tan alterado, tan totalmente fuera de mis casillas. Sorprendentemente, su expresión tensa se suavizó. También tenía lágrimas en los ojos.

—¿Por qué quiero rendirme? —preguntó—. Porque estoy cansada, cansada de luchar todo el tiempo. Tú no puedes imaginarte cómo es. Cómo puede llegar a agotarte. Y todo para nada, porque al final siempre pierdes. Siempre, siempre pierdes. Hagas lo que hagas.

Entonces recordé una frase de Sam Sagaz en *El Señor de los Anillos*. No literalmente, sino de una forma aproximada.

—Es como en las grandes historias, Ana —le dije, cogiéndole una mano—. Las que de verdad importan, llenas de oscuridad y de peligros. A veces no quieres saber cómo terminan, porque ¿cómo van a terminar bien? ¿Cómo puede el mundo volver a ser lo que era después de que hayan pasado tantas cosas malas? Pero al final, todas esas sombras pasarán también. Hasta la oscuridad pasará.

Una sonrisa casi imperceptible se dibujó en su rostro hinchado de llorar.

—Eres increíble. En medio de todo esto, te pones a citar de memoria tu libro preferido.

Yo también intenté sonreír. Pero no sé si llegué a conseguirlo.

—No puedes darte por vencida ahora —dije, apartando un mechón de pelo de su frente—. ¡Con todo lo que nos ha costado llegar hasta aquí! No puedes irte de Berlín sin haber visto al menos a Nefertiti. Todo esto ha sido por ella, ¿no?

—Pero es que no puedo, Bruno. Tú no sabes lo que es esto. Estoy cansada de luchar. Estoy cansada de intentarlo.

—Escucha. Si te vas de Berlín sin haberla visto, será una derrota completa. Te marcará para el resto de tu vida. Estará siempre ahí, el viaje en el que no te atreviste a salir del hotel para ver la escultura que te hizo querer convertirte en arqueóloga. Te hará sentirte mal cada vez que te acuerdes. Te impedirá volver a creer en ti.

Ana se encogió de hombros.

—Puede que sea lo mejor —dijo en voz baja.

—No. No es lo mejor, y tú lo sabes. De lo que decidas ahora van a depender muchas cosas. Mira, vuélvete a casa con tu madre si quieres, si esto es demasiado duro para ti. Pero antes, esta tarde, ven al museo conmigo. Vamos a hacer lo que hemos venido a hacer.

—Sí que te ha llegado a importar Nefertiti —observó ella en un tono que quería sonar burlón.

—No me importa nada Nefertiti. Me importas tú. ¿Qué me dices? ¿Vamos a verla?

Para mi sorpresa, ella asintió.

—De acuerdo, vamos —dijo en tono apagado—. Será mi despedida de Berlín.

Ana

Escribí muchas páginas durante las treinta y tantas horas que permanecí encerrada en mi habitación del hotel; pero las he arrancado todas. No quiero conservarlas. No quiero recordar eso. A veces, mi enfermedad es como uno de esos remolinos que te encuentras en el mar, muy cerca de la playa. Estás nadando y de repente sientes que una fuerza incontrolable te arrastra y te hace dar vueltas en el mismo punto, y cuanto más agitas los brazos para escapar de ella más te hundes. Así es el TOC. Siempre tienes la sensación, al principio, de que habrías podido evitar ese episodio. Si hubieses intentado pensar en otra cosa, si te hubieses concentrado en el sabor de la comida o en el frescor del agua al pasar por tu garganta, si hubieses respirado hondo varias veces, quizá entonces habrías podido pararlo. Una vez que ya has entrado en esa espiral que te arrastra hacia abajo, es demasiado tarde… No puedes hacer nada para detenerla.

Pero he dicho que no quiero pensar en eso. Por el momento, he salido del remolino. Gracias a él… a Bruno. Me tendió una mano, y yo la cogí. Durante unos minutos, pareció que la espiral iba a atraparlo a él también, que nos arrastraría juntos al fondo. Pero de algún modo conseguimos salir a flote. Juntos.

Bruno me esperó mientras me vestía. Me puse la misma ropa que llevé el día del viaje en avión: unos vaqueros y una sudadera negra. Cuando estuve lista bajamos a la cafetería del hotel y me tomé un descafeinado con un pedazo de tarta de manzana. Llevaba más de veinticuatro horas sin probar bocado.

Mientras yo engullía mi tarta más deprisa de lo debido, Bruno envió un mensaje a Eva para decirle que ya me sentía bien y que íbamos a ir juntos al Neues Museum a ver a Nefertiti. Se suponía que teníamos la tarde libre, así que no nos pusieron ninguna pega.

En la puerta del hotel, cogimos un taxi para ir al museo. Yo me sentía todavía demasiado débil para caminar.

En el asiento trasero del taxi, apoyé mi cabeza en el hombro de Bruno y cerré los ojos. Solo podía pensar en que iba a ver a Nefertiti. A pesar de todo, a pesar de mí, iba a verla.

Empezaron a ocurrírseme desgracias que podrían suceder para impedirnos entrar en el museo en el último momento. Podían cerrarlo por una amenaza de bomba. Podían haber empezado una restauración justo ese día. Podía haberse declarado un incendio. Podía…

No quería caer en esa nueva espiral, de modo que me concentré en lo que veía por la ventanilla del taxi. La ciudad gris, el puente sobre el río. El verde oxidado de la cúpula de la catedral. La torre de la televisión a lo lejos, en la Alexander Platz.

Y por fin, el museo: techos altísimos, vigas de madera, paredes de ladrillo visto. Parece ser que lo bombardearon durante la Segunda Guerra Mundial y posteriormente lo reconstruyeron: de ahí viene esa mezcla de arquitectura antigua con elementos modernos.

No sabría decir por qué, pero el resultado transmite serenidad. Es como si el edificio te diese la bienvenida.

Cogimos un plano en la taquilla donde sacamos los tiques de entrada, pero con los nervios yo eché a andar sin mirar por dónde íbamos y nos perdimos. Estuvimos un rato deambulando entre estelas y sarcófagos egipcios, deteniéndonos aquí y allá, dejándonos atrapar por cualquier pequeño detalle de un relieve o de un papiro cubierto de dibujos. Le expliqué a Bruno que Amenofis III y Amenhotep III eran en realidad el mismo faraón, el padre de Akenatón, que más tarde se casaría con Nefertiti.

Bajamos un piso, volvimos a subir. Yo empezaba a angustiarme porque faltaba tan solo una hora para que cerraran y me dio por pensar que nos pasaríamos todo ese rato buscando a Nefertiti sin encontrarla nunca.

Hasta que por fin, de golpe, llegamos hasta ella. Estaba sola en el centro de una sala circular. Era el único sitio del museo donde había cierta aglomeración de gente. Pero la mayoría de los visitantes se detenían tan solo unos instantes delante de la reina egipcia antes de seguir su camino.

Antes de mirarla a ella, miré a Bruno. Sus labios no sonreían, pero sus ojos sí. Sonreían y, al mismo tiempo, brillaban como si estuviera a punto de llorar.

Me aparté un poco de él. Sabía exactamente desde qué ángulo debía mirarla para verla como yo la quería ver. De perfil. Su cuello largo, los músculos ligeramente tensos por el esfuerzo de sujetar erguida su orgullosa cabeza.

No era una mujer joven, pero tampoco anciana. No tenía edad. Estaba en la plenitud de la vida y de su belleza. Quizá por eso sonreía, segura de sí misma, satisfecha.

No podía apartar los ojos de ella. Sabía cómo quería verla. Sabía lo que quería ver y lo que no. Nefertiti como debió de aparecérseles a sus súbditos, orgullosa y delicada al mismo tiempo. Seguramente más bella aún que en la vida real. El escultor supo captar todo lo que hay en un rostro de pasajero y transformarlo en eternidad. Eso quería ver yo. Solo eso.

Bruno se dio cuenta. Se me acercó, casi con timidez.

—¿La has visto de frente? Es… no se puede explicar.

—No quiero verla de frente. Prefiero desde aquí.

Me cogió una mano y la apretó entre las suyas. Instintivamente alcé la mirada hacia él. Estaba muy serio.

—Sé por qué no quieres mirarla de frente —dijo—. Pero yo te pido que mires.

—Es que desde aquí se ve mejor.

—¿Porque no se le ve el ojo despintado? Ana, confía en mí. Es maravillosa. Es aún más maravillosa si la miras de frente. No necesita la perfección total para serlo.

Sentía los latidos de mi corazón como martillazos rápidos y desordenados en el pecho. Yo no quería verla de frente. Dejé que Bruno tirase de mi mano con suavidad hasta llevarme delante del busto, pero estaba decidida a no mirar.

Sin embargo, miré.

Bruno tenía razón. Era aún más hermosa de frente. Más hermosa que en ninguna fotografía que yo hubiese visto. Vulnerable, y orgullosa, e imperfecta, y eterna.

—No entiendo por qué no la restauran —dijo una mujer en español justo detrás de nosotros.

Estaba con su pareja. Los dos eran poco mayores que nosotros. Probablemente estarían de luna de miel.

No sé qué me entró. La Ana de siempre, la Ana temerosa y enferma, nunca habría hecho algo parecido. El caso es que me volví, les sonreí y les solté una frase que acababa de venírseme a la mente.

—«No todo lo que es oro reluce, ni toda la gente errante anda perdida».

Se me quedaron mirando como si fuera una lunática. El hombre sonrió incómodo, la chica arqueó las cejas.

—¿Perdona?

—Es de *El Señor de los Anillos* —expliqué—. «No todo lo que es oro reluce, ni toda la gente errante anda perdida». Lo que quiero decir es que no necesita que la restauren. ¿No lo veis? Es perfecta tal y como está.

Bruno

CREO que estos días en Berlín han sido los más difíciles de mi vida. Y también los más felices. Durante meses, me había imaginado este viaje como una especie de excursión idílica. Pensaba que, si Ana se sometía a la terapia de exposición y se esforzaba, las cosas solo podían salir bien. Me imaginaba los paseos que daríamos por las calles de la ciudad, las bromas, las fotos delante de los principales monumentos, y hasta alguna cena a la luz de las velas. Y pensaba... una parte de mí pensaba que los miedos de Ana eran solo imaginarios, que cuando estuviera aquí conmigo se le olvidarían todas sus angustias y se lo pasaría bien, sin más.

Creo que hasta que la vi en la puerta de su habitación con la cara hinchada de llorar, después de haber llamado a su madre para que viniese a buscarla, no fui consciente de lo duro que es estar en su piel. Fue como si alguien me hubiese abofeteado en mitad de un sueño maravilloso y me hubiese obligado a despertar. Por primera vez pensé que quizá la madre de Ana tenía razón: con mi empeño en que participase en el viaje, la había llevado a una situación insoportable para ella, y lo único que había conseguido era hacerle daño.

Pero luego, no sé cómo, ocurrió el milagro.

A lo mejor hacía falta que Ana me viese tan perdido y derrotado como ella para que volviese a confiar en mí. El caso es que accedió a venir conmigo al museo para ver a su admirada Nefertiti antes de que su madre llegase de Madrid. Y allí, en el museo, cambió todo. Aunque al principio no quería, Ana se atrevió finalmente a mirar el busto de Nefertiti de frente y a enfrentarse con sus imperfecciones. Yo estaba a su lado. Vi cómo cambiaba, cómo el miedo se transformaba en comprensión, en emoción, incluso en entusiasmo.

Ella misma estaba sorprendida. Me dijo después que en aquel instante, frente al busto de la antigua reina egipcia, sintió de pronto que una parte dormida de su alma había despertado. Utilizó esa palabra: alma. Y me explicó que esa parte de sí misma que acababa de recuperar era valiente, y alegre, y sobre todo muy curiosa. Quería verlo todo, conocerlo todo. Quería viajar, preguntar, investigar.

—Puede que no sea mi parte más fuerte —me dijo—. Puede que vuelva a dormirse, que termine perdiéndola. Pero es tan mía como la enfermedad. Yo también soy eso. ¿Sabes lo asombroso que resulta?

Después de recorrer la sección de antigüedades egipcias del museo, subimos a la última planta. Deambulando entre vitrinas de armas antiguas y objetos de cerámica, llegamos a una pequeña habitación oscura que contenía un solo objeto iluminado en el centro. Era una especie de sombrero de oro.

Estábamos mirando los carteles explicativos para averiguar de qué época procedía cuando una mujer de pelo corto y canoso se nos acercó. Me llamaron la atención las arrugas que se le formaban alrededor de los ojos al hablar. Eran las arrugas de alguien que ha sonreído mucho.

—¿Españoles? —preguntó, pronunciando nuestro idioma con un marcado acento alemán—. ¿Es la primera vez que veis el sombrero? Un objeto muy misterioso... Se han encontrado solo cuatro en distintas regiones de Francia y Alemania.

—¿De qué época son? —preguntó Ana.

—De unos 1 000 años a. C. Pertenecen a la cultura de las Urnas, una civilización protocéltica que se extendió por el centro de Europa en la Era del Bronce. Y es muy interesante, porque estos sombreros son calendarios en realidad: ¿veis todas esas espirales? Representan días, soles, lunas... Es un calendario a la vez solar y lunar. Probablemente servía para calcular en qué día caería el solsticio de verano, por ejemplo. Incluso se podrían predecir eclipses... Y eso, en una cultura que no conocía la escritura.

Ana escuchaba con los ojos brillantes.

—¡Es increíble! ¿Cómo sabe tanto sobre el sombrero?

—Soy arqueóloga.

—A mí también me gustaría ser arqueóloga algún día —explicó Ana con timidez—. Aunque tiene que ser muy duro, ¿no?

—Es duro —contestó la mujer, y las arrugas que enmarcaban sus ojos se acentuaron cuando sonrió—. Pero también es... ¿cómo decís vosotros? Apasionante. No lo cambiaría por nada.

Estuvimos un buen rato mirando el sombrero y leyendo los paneles, hasta que uno de los vigilantes vino a echarnos porque el museo estaba a punto de cerrar.

Cuando salimos a la calle ya era de noche. No llovía, pero la humedad del ambiente se nos adhería al pelo y a la ropa. Cada vez que hablábamos, nuestro aliento formaba un penacho de vapor blanco que rápidamente se deshacía en la oscuridad.

—¿Qué hacemos? —pregunté—. ¿Cogemos un taxi o intentamos volver al hotel en el metro?

—Mejor un taxi —dijo Ana—. El metro me agobia mucho, tanta gente... Pero antes de volver al hotel tengo que hacer una cosa.

Sacó el móvil, abrió *whatsapp* y empezó a teclear con los pulgares de las dos manos, a toda velocidad. Cuando terminó, cubrió la pantalla con la funda y se guardó el teléfono en el bolso.

—¿A quién escribías? —pregunté, lleno de curiosidad.

Ana me miró. Estaba pálida, y muy seria. Creo que el día y medio que pasó encerrada en su habitación del hotel le ha hecho adelgazar.

Pero aun así, los ojos le seguían brillando tanto como unos minutos antes, mientras hablaba con la arqueóloga.

—Era para mi madre —dijo—. Le he dicho que estoy bien, que la llamaré dentro de un rato y que no venga a buscarme. Quiero seguir aquí, contigo... Quiero quedarme unos días más en Berlín.

Epílogo

Ana

No han sido días fáciles. Más de una vez tuve que clavarme las uñas en la palma de la mano para distraerme con el dolor y no empeñarme en volver a salir por el torno del metro o por la puerta giratoria del hotel. Y más de una vez he perdido, y he terminado repitiendo la palabra que no quería repetir, o escribiendo con disimulo una frase con el dedo sobre una pared.

Pero a pesar de todo me he divertido. He vivido momentos muy especiales con Bruno. Y sí, cenamos una noche a la luz de las velas, como él quería: *pizza* y helado de chocolate... Todo el rato hablando y riéndonos sin parar como si fuésemos una pareja normal. ¡A lo mejor lo somos!

Todo esto no significa que esté curada. Significa, eso sí, que puedo aprender a vivir con mi enfermedad. Que soy más que mi trastorno, que unas siglas no bastan para definirme.

Significa también que no todo en mi vida depende de esas siglas. Y que hay muchas cosas que puedo llegar a hacer a pesar de ellas. Con más dificultades que el resto de la gente, seguro. Pero puedo. Puedo viajar e ir a los sitios que me gustan si me lo propongo. Puedo estudiar arqueología. Puedo decidir sobre muchos aspectos de mi vida. La enfermedad no tiene por qué decidir en mi lugar.

Pensar en eso me provoca cierta angustia. Decidir es difícil para alguien como yo. Me he buscado muchos sistemas a lo largo de los años para evitar tomar decisiones, para dejarlo todo en manos del azar, o de los dados, que son una forma de guardarse el recurso del azar en el bolsillo.

Supongo que la libertad me da vértigo. Pero es un vértigo bueno, como el que te asalta cuando vas a toda velocidad en una montaña rusa.

Así es también el vértigo de confiar en alguien que te importa. De estar con Bruno.

No sé cuánto tiempo durará lo nuestro. A lo mejor dentro de unos años nos acordaremos de este curso con una punzada de nostalgia. Quizá no estaremos juntos ya. Somos muy jóvenes, y las cosas dan muchas vueltas.

Pero pase lo que pase, Bruno será siempre la persona que me enseñó a aceptar el ojo despintado en el rostro de Nefertiti. Con él me atrevo a ser yo misma, a pesar de todos mis defectos, y siento que no necesito estar en guerra permanente con lo que pienso y lo que siento.

A lo mejor estoy exagerando, pero creo que es el comienzo de una nueva manera de vivir.

Índice

Este libro se terminó de imprimir el 2 de abril de 2015, fecha en la que se celebra el Día Internacional del Libro Infantil, en conmemoración del nacimiento de Hans Christian Andersen.